GIDEON SAMSON JULIUS 'T HART

FLUTLICHT

GIDEON SAMSON JULIUS 'T HART

FLUT LICHT

Aus dem Niederländischen
von Rolf Erdorf

GERSTENBERG

Für den echten Julius, der mich mit auf die Reise nahm und mir die Welt gezeigt hat – GS

For the people of Sri Lanka, who taught me to open my heart and face everything in Life with a smile – JtH

Vorbetrachtung

Freundschaftsanfrage

Draußen ist alles orange. Die Straßen, die Häuser, die Leute. Ich sitze drinnen. Die Vorhänge sind zu und der Fernseher läuft. Es ist Sonntagabend, kurz vor halb acht. Zum ersten Mal seit mehr als dreißig Jahren steht die niederländische Fußballelf wieder in einem WM-Finale.

Meine Mitbewohner sind nicht da, werden vorläufig auch nicht kommen. Ich habe sturmfreie Bude.

Und wo guckst du? Die immer wiederkehrende Frage der letzten Tage. In einer Kneipe? Public Viewing auf dem Museumplein? Bei Freunden zu Hause?

»Ich weiß noch nicht«, war meine Standardantwort, mit der ich mir alles vom Leib gehalten hatte. Letzten Dienstag, beim Halbfinale, war ich mir vorübergehend untreu geworden.

»Pieter, komm einfach mit, ist doch viel geselliger.«

In einem schwachen Moment im Rahmen der versprochenen Geselligkeit – ich wollte auch kein Spielverderber sein – hatte ich mich breitschlagen lassen und jubelte im proppenvollen und brütend heißen Pacific Park am Rand des Westerparks mit Hunderten anderen vor einer riesigen Leinwand, als Giovanni van Bronckhorst früh in der ersten Spielhälfte beschloss, den Ball von etwa dreißig Meter außerhalb der Reichweite des Torwarts von Uruguay ins obere Toreck zu schießen.

Die Atmosphäre war ausgelassen. Der Schweiß troff von der Decke und das Bier flog durch den Raum. Dann sorgte dieser grauenhafte Diego Forlán für den Ausgleich und ich wusste, dass nicht Torwart Stekelenburg – wie alle hier behaupteten –, sondern *ich* etwas falsch gemacht hatte. Was in aller Welt suchte ich zwischen den schwachsinnigen Oranje-Fans, die jede Aktion, jeden Pass, jeden Ballkontakt mit ihren dummen Kommentaren versahen? Bliebe ich, dann waren wir verloren. War *ich* verloren.

»Pieter, wohin gehst du?«, fragte Mark erstaunt.

»Nach Hause.«

»Wie?« Er verstand die Welt nicht mehr. »In der Halbzeit?«

»Ja, tut mir leid. Ich packe das hier nicht.«

»Was meinst du?«

Ich deutete mit einer gequälten Miene um mich her. Mark schüttelte den Kopf, Ben und Jurre begannen leicht spöttisch zu lachen. Es war mir einerlei. Nichts wie weg jetzt. Ich wusste, es war die einzige Möglichkeit.

»Ist das dein Ernst?«, fragte Daniel noch zur Sicherheit.

»Ich meinte es noch nie ernster als jetzt«, antwortete ich und bewegte mich schon durch die dicht gedrängte Meute in Richtung Ausgang.

»Wenn wir gewinnen, schauen wir uns das Finale bei mir an!«, rief Samir mir noch hinterher. »Kleine Party, Bierchen dazu ... Du weißt schon. Bis dann, ja?«

Ich war bereits an der Tür, ließ die Kneipe hinter mir. Wie ein Besessener radelte ich durch die verlassenen Straßen nach Hause. Ich knallte mein Rad gegen die schon seit Jahren kränkelnde Buche vor der Tür und rannte hinein.

Zehn Sekunden später saß ich in unserer ansonsten leeren Wohnung auf der Couch. Die Vorhänge zu, den Fernseher an. Die zweite Hälfte konnte jeden Moment anfangen.

Das 2:1 von Sneijder feierte ich im Stillen, ebenso kurz darauf das befreiende 3:1 von Robben. Selbst den letzten Anschlusstreffer von Uruguay konnte ich ohne die ganzen Oranje-Idioten um mich her einigermaßen verkraften. Ich blieb ruhig, sagte mir, dass wir besser waren und diesen Vorsprung so spät in der Nachspielzeit unmöglich noch verschenken konnten.

Alle schön gesellig zusammen? Bullshit.

Keine Ahnung, was ich mir hatte weismachen wollen, aber Spiele dieses Kalibers musste ich in völliger Isolation erleben, das wusste ich doch! Seit dem Tag, als die Welt um mich herum abgesoffen und ich irgendwie über Wasser geblieben war, bin ich fertig damit. Für mich keine Menschenmassen mehr. Und keine großen Gefühle.

Nach dem letzten, befreienden Pfiff des usbekischen Schiedsrichters schwor ich mir hoch und heilig, solche Abende nie, wirklich niemals mehr in Gesellschaft zu verbringen. Mein Sonntag stand damit fest.

Die Wohnung und ich sind eine Kopie von vor fünf Tagen. Falls das Spiel auch eine solche Kopie wird, sind die Niederlande in wenigen Stunden Weltmeister. Von draußen tönen die Plastik-Vuvuzelas durch die Vorhänge. Dämliche Tröten, blöder Marketing-Kram.

Ich gehe in die Küche und öffne den Kühlschrank. Ein vertrauter Modergeruch weht mir entgegen, niemand bei uns ist gut in Haltbarkeitsdaten. Aus dem obersten Fach entferne ich eine halb volle Schale verschimmelter Champignons, ein offenes Fässchen grün gewordenen Frischkäse und drei lose, faulige Tomaten. Ich werfe alles in den Müllsack, der – besonders bei diesem Wetter – auch schon längst nach draußen hätte gebracht werden müssen.

Mein Blick wandert zu den Gemüseschubladen, die genau wie die unteren zwei Kühlschrankfächer mit Bierflaschen und -dosen vollgepackt sind. Es ist ein buntes Bild, eine Kombination aller Marken, die es in letzter Zeit im Angebot gab. Ich nehme eine Flasche, schließe die Tür wieder und mache einen Strich auf die Bierliste, die neben der Schnur mit dem Kuli an der Seite des Kühlschranks hängt.

Der Monat ist elf Tage alt und ich habe schon jetzt einen uneinholbaren Rückstand. Ben, der berüchtigtste Trinker im Haus, ist mit dreiundzwanzig Strichen die Nummer eins, auf dem Fuß gefolgt von Mark (einundzwanzig) und Daniel (neunzehn). Jurre hat bisher zwölf Bier von dem WG-Vorrat leer gesoffen und ich stehe mit mageren zwei mit Abstand am unteren Tabellenende.

Ich ploppe den Korken von der Flasche und nehme einen Schluck. Mein Handy vibriert, ich fische das Ding aus der Hosentasche. »Markie?«

»He, Alter!« Ich höre den Lärm, in dem sich Mark befindet. Im Hintergrund klingt Stimmengewirr und Scheißmusik. Schon jetzt bereue ich es, rangegangen zu sein. »Pieter, Junge, wo steckst du?«

Ich gehe zur Couch zurück und stelle die Flasche auf den niedrigen, quadratischen IKEA-Tisch. »Zu Hause.«

»Mensch, komm doch her! Wir sind alle bei Sammie. Ein Irrenhaus. Jurre, Mensch!« Mark spricht gerade nicht mehr mit mir. »Sag Pieterchen mal Hallo!«

Ich höre ein »Hallo«. Es klingt tatsächlich wie Jurre.

»Fucking chillig hier, shit!«, fährt Mark fort. »Kommst du auch?«

»Vielleicht. Mal sehen.«

»Ja, du Spinner, das Finale musst du sehen! Und zwar hier, mit deinen Kumpeltz!«

Mark ist schon betrunken. Nach vier Bier wird aus nett *fucking chillig* und aus Freunden werden *Kumpeltz*.

»Wenn wir gewinnen, komme ich noch vorbei«, sage – oder nein: lüge – ich, während ich mich auf die Couch fallen lasse.

Mark antwortet nicht, sondern fällt stattdessen in die Musik ein, die jetzt bei Samir zu Hause durch die Anlage knallt. *Wir sind wieder dabei und das ist pri-hi-ma. Vii-vaa, Hol-lan-di-a!*

»Tschau Markie-Mark.«

Mark singt weiter. »Du kommst einfach, ja?«, ruft er noch durchs Telefon. »Ach, und Piet?«

»Was?«

»Hast du dir das Video schon angeschaut?«

»Welches Video?«

»Auf Facebook, Alter!«

Ach ja, richtig. Mark und Ben und jetzt auch Jurre und Daniel reden schon seit Tagen von so einem Video auf Facebook, in dem eine gewisse Sanne, eine von Marks attraktiveren Kommilitoninnen, direkt in die Kamera hinein mit dem Tutor Schluss macht. Und anscheinend hat diese Sanne irgendwo in der Mitte ihr Hemdchen hochgehoben, damit der Zuschauer beurteilen kann, ob ihre Brüste wirklich – wie es sich ihr Ex offenbar ein klein wenig zu oft entfallen ließ – zu klein sind. Hier bei uns ist das Video ein regelrechter Hit, obwohl die Meinungen über Sannes Brüste geteilt sind. Gestern beim Frühstück stellte sich heraus, dass ich als Einziger das Video (und die Brüste) noch nicht gesehen hatte. Gut, ich bin ja auch selten auf Facebook, ich habe nämlich nie so ganz verstanden, was daran so toll ist.

»Jetzt schau es dir schon an«, trompetet Mark durchs Telefon. »Und danach kommst du einfach her.«

»Vielleicht.«

Mark hört schon nicht mehr zu, sondern legt auf. In Johannesburg ist die Abschlusszeremonie, die dem Finale vorangeht, in vollem Gang. Es wird getanzt und Bänder werden geschwenkt. Shakira hat gerade ein Lied gesungen.

Sofort schalte ich mein Handy aus, lege es weg auf die Fensterbank. Am Ende ruft dieser besoffene Irre noch öfter an. Das hier ist der einzige Abend im Jahr, an dem ich vollkommen asozial sein darf.

Vorhänge zu? Check. Fernseher an? Check. Bierchen dazu? Check. Handy aus? Check.

Ich gehe in mein Zimmer, eine knapp drei mal vier Meter große Studentenbude. Mein Laptop liegt auf dem Anderthalbpersonenbett in der Ecke. Ich muss mich ausloggen und das Ding runterfahren. Keine E-Mail, kein Chat, keine Nachrichten-Updates. Check-check-check.

Ich nehme meinen Laptop mit ins Wohnzimmer, lasse mich wieder auf die Couch vor dem Fernseher fallen. Shakira ist weg, die Bänder sind eingesammelt. Ein Golfwägelchen kommt in die Arena gefahren und das Stadion scheint überzukochen. Wenn man es nicht besser wüsste, könnte man meinen, das hier wäre der Höhepunkt des Abends. Ein winkender Nelson Mandela, der steinalte Expräsident von Südafrika, wird mit einer russischen Pelzmütze auf dem greisen, weisen Haupt über den Platz gefahren. Die Zuschauer johlen und klatschen, als hätte der Mann in dem Wagen dort soeben das Siegestor im Finale geschossen.

Ich klappe meinen Laptop auf, der langsam wach wird. Alles muss abgeschaltet sein, aber weil ich gerade daran denke und das Spiel noch längst nicht angefangen hat, kann ich mir auch das Video anschauen. Mal eben zwischendurch.

Es ist Wochen her, dass ich mich das letzte Mal auf Facebook eingeloggt habe. In der Zwischenzeit ist wenig passiert. Nur vier Nachrichten. Bestimmt noch eine Einladung zu einer der vielen Fußballpartys oder zum Unterschreiben einer sinnlosen Petition. Jemand, dem irgendein Link gefällt oder der mich auf einem Foto getaggt hat. Ich ignoriere die Benachrichtigungen in der Kopfleiste und klicke gedankenlos auf die weiße Eins in dem roten Feld daneben.

Elin Andersson möchte mit dir auf Facebook befreundet sein.

Mein Herz, das eine Stunde vor dem Anpfiff des WM-Finalspiels einen gesunden, leicht erhöhten Rhythmus angenommen hatte, setzt akut aus.

A new you

»Alte Liebe rostet nicht«, heißt es. Keine Ahnung, woher dieses Sprichwort kommt, aber es stimmt. Selbst nach so vielen Jahren und so viel Wasser ist auf meinem Gefühl für Elin Andersson nirgendwo der kleinste Fleck zu erkennen.

Um ein Haar wären Elin und ich uns nie begegnet. Mit dem Haar meine ich einen einzigen Bleistiftstrich.

Vor acht Jahren – ich war fünfzehn – sah ich irgendwo einen Prospekt.

A NEW EXPERIENCE – A NEW YOU

Es war bei Mark zu Hause. Sein Bruder wollte auf eine Highschool in den USA und der Prospekt nannte es »das schönste Jahr deines Lebens«.

»Gehst du später auch?«, fragte ich.

»Was meinst du?«

»Weg«, sagte ich. »Nach dem Abi.«

Mark zuckte mit den Schultern. »Keine Ahnung«, sagte er. »Ist noch so lange hin.«

So lange nun auch wieder nicht, fand ich. Es war Anfang Mai und in gut zwei Monaten hatten wir Sommerferien. Danach kamen wir schon in die vorletzte und noch ein Jahr später dann in die letzte Klasse. Und ehe man sich's versah, hatten wir schon unser Abizeugnis in der Hand.

»Du?«, fragte Mark.

Ich nickte. Weg, darüber hatte ich eigentlich noch nie wirklich richtig nachgedacht, aber der Prospekt machte etwas mit mir.

»Willst du nach Amerika?«, fragte Mark. »Oder einfach nur durch die Gegend reisen?«

Ich dachte an »Ich«, an mich. An mein Leben, das bisher haargenau so gelaufen war, wie ich es mir vorher hätte ausmalen können. Ich besaß zwei liebe Eltern und eine liebe kleine Schwester. Ich war gut in der Schule und gut auf dem Fußballplatz. Ich hatte viele Freunde und manchmal auch Freundinnen. Ich gehörte zu den schönsten zehn und den klügsten zwei Prozent der Welt. »Ich will was anderes«, sagte ich. »Etwas weniger Vorhersagbares.«

»Wie meinst du das?«

Ich zögerte, weil ich mir nicht sicher war, ob Mark mich verstehen würde. Vorhersagbar, so sah ich es schon seit Jahren. Mein Leben war ein gerader, ordentlich ausgehobener Kanal, in dem das Wasser sicher und ohne Umwege bis zum Ende floss. Abitur, Studium, guter Job, schöne und nette Frau, großes Haus, kluge Kinder, größeres Haus, liebe Enkel und zum Schluss der unvermeidliche Tod. Das Ende.

Aber dieser Kanal jagte mir Angst ein. Ich wollte einen gewundenen Fluss mit unvermuteten Strömungen und wilden Wasserfällen. Ein Leben frei von Erwartungen, dessen Route ich selbst abstecken durfte.

»Mir ist das zu safe«, sagte ich.

»Also lieber ohne Kondom?«, fragte Mark.

Wir lachten. Ich hatte bis dahin noch keinen Sex gehabt. Echten Sex. Mark schon, mit Alexandra. Und einem Kondom. Er hatte mir ausführlich davon berichtet.

»Ich will kein Leben, das schon ganz und gar festliegt«, sagte ich.

Mark nickte.

»Ich habe solche Angst, dass später alles so wird, wie ich es mir jetzt schon vorstelle.«

Wir schwiegen beide für einen Moment.

»Hast du das nie?«, fragte ich dann.

»Nein«, sagte Mark. »Oder na ja, manchmal schon. Aber dann denke ich, alles in allem wird es ein prima Leben sein.«

»Es ist so langweilig«, sagte ich.

»Dann mach doch einfach was anderes!«

Typisch Mark. Genau das meinte ich. Aus irgendeinem Grund erschien mir genau das unmöglich. Nicht, dass meine Eltern es mir verbieten würden – das sicher nicht –, aber mein Kanal hatte nun mal keine Fluchtwege. So wenigstens fühlte es sich an. »Wir stecken fest«, sagte ich.

»Unsinn«, sagte Mark.

Ich schaute nochmals auf den Prospekt. Ich nahm ihn in die Hand und schlug ihn auf.

Natürlich wirst du nicht das Leben führen, wie du es hier hast. Aber ist das nicht auch genau der Grund, weshalb du mit dem Gedanken spielst, ein Schuljahr im Land deiner Träume Wirklichkeit werden zu lassen?

Amerika war nicht das Land meiner Träume – so etwas hatte ich überhaupt nicht –, aber ein anderes Leben zu führen war schon das, was ich meinte.

Ein Highschool-Jahr wird dein Leben verändern. Du wirst merken, dass du selbstsicherer, eigenständiger und erwachsener wirst. Du lernst neue Themen in der Schule kennen, entwickelst neue Aktivitäten und entdeckst verborgene Talente. Du erweiterst deinen Horizont und deine Zukunftsaussichten und bekommst einen anderen Blick auf die Welt und dein eigenes Land.

»Pieter, wir müssen los«, sagte Mark. »Es ist fast schon sechs.«

Ich legte den Prospekt beiseite und kurz darauf radelten wir zum Fußballtraining.

Auf dem Fahrrad beschloss ich, es auf jeden Fall zu machen.

Das hieß, nach dem Abi erst mal ins Ausland. Zur gleichen Zeit wurde auf dem Mediapark-Gelände in Hilversum der polarisierende Politiker Pim Fortuyn erschossen, aber diese beiden Dinge hatten nichts miteinander zu tun.

Zwei Jahre später. Mark würde nach Amerika gehen, genau wie sein Bruder. In vier Monaten machten wir Abitur. Ich dachte über Barcelona nach.

»Schön«, sagte meine Mutter.

»Ja klar«, sagte mein Vater.

Ich hörte den Zweifel in ihrer Stimme und dachte an meinen Kanal. Es war, als wäre ich jahrein, jahraus in vorhersagbaren Zügen vorwärtsgeschwommen, während meine Eltern die ganze Zeit in einem Boot neben mir her fuhren, mir Anweisungen gaben und mich anfeuerten.

»Ihr findet es nicht gut?«, fragte ich.

»Doch, natürlich«, sagte mein Vater.

»Ich höre es doch!«

»Was hörst du?«

»Dass ihr es doof findet.«

»Wie kommst du denn darauf?«

Ich dachte an die spanische Küste. An die Sonne, die Discotheken und das schönste Stadion der Welt. Der Bruder von Maarten aus meinem Fußballteam hatte eine Zeit lang in Barcelona studiert und meinte, da gäbe es lauter tolle Mädels.

»Willst du Spanisch lernen?«, fragte meine Mutter.

»Ja«, sagte ich. »Und auch einfach weg.«

»Weg von uns?«

Ich hatte meinen Eltern nie etwas von meiner Angst vor der Vorhersagbarkeit des Daseins erzählt. Bis zu diesem Moment, und sie verstanden es auch noch. Sie waren sogar meiner Meinung!

Zuerst versuchte meine Mutter es natürlich noch zu leugnen, indem sie behauptete, niemand würde irgendetwas von mir erwarten und ich könnte ganz allein tun und lassen, was ich wollte, aber dann sprang mein Vater mir zur Seite.

»Ich glaube, Pieter meint etwas anderes.«

Ich nickte dankbar. »Früher hatte ich das Gefühl auch sehr stark«, fuhr mein Vater fort. »Und ich denke, so eine Auszeit zwischendurch kann enorm viel mit einem machen.«

»Ich hoffe es«, sagte ich.

»Aber gäbe es vielleicht nicht etwas Interessanteres als Barcelona?«

»Zum Beispiel?«

Mein Vater zögerte. Dann sagte er: »Ich meine … Ähm. Was hieltest du davon, etwas Gutes für die Welt zu tun?«

Mein Vater meinte also Entwicklungshilfe und meine Mutter war sehr damit einverstanden. Und irgendwo fand ich, dass meine Eltern durchaus recht hatten, aber wenn ich demnächst in irgendeinem afrikanischen Dorf Brunnen aushob, machte ich doch eigentlich wieder genau das, was sie von mit erwarteten. Dazu lockten die Rambla, die Strände und die spanischen Frauen.

»Du entscheidest und kein anderer«, sagte meine Mutter. »Echt, Pieter, wohin du auch gehst, wir stehen hinter dir. Barcelona klingt fantastisch.«

Mein Vater hatte etwas in mir berührt. Wollte ich die Welt verbessern oder bloß mich?

An diesem Abend habe ich mich dumm und dämlich gegoogelt. Als Lehrer nach Peru, in ein Waisenhaus in Kambodscha, Hütten bauen in Ghana, tanzen in Rumänien, basteln auf den Philippinen. Was immer man sich ausdenken mochte, es gab ein entsprechendes Freiwilligenprojekt.

Wohin wollte ich eigentlich? Asien schied von vorneherein aus. Ein doofer Kontinent mit merkwürdigen Menschen. Nicht lange zuvor war ich fast fünf Monate mit einem asiatischen Mädchen zusammengewesen, und das hatte mir bei näherer

Betrachtung doch nicht so sehr gut gefallen. Südamerika also? Afrika vielleicht?

Ich klickte und klickte, bis ich im Norden von Uganda saß. Es ging um ein Fußballprojekt, las ich. Als Freiwilliger würde man innerhalb weniger Monate in einem Lager für ehemalige Kindersoldaten eine Fußballschule aufbauen. Da wusste ich sicher, dass mein Vater recht hatte. In Barcelona gab es durchaus einen guten Fußballklub, aber hier *ging* es wenigstens um was. Das hier war echt.

Ich suchte unter Uganda und sah, dass die dort mitten in einem entsetzlichen Bürgerkrieg steckten. Die selbsternannte »Widerstandsarmee des Herrn« entführte kleine Kinder zu Tausenden, um sie als Soldaten kämpfen zu lassen oder als Sexsklavinnen zu vergewaltigen. Ich las von grauenhaften Morden und barbarischen Verstümmelungen.

»Uganda?«, fragte meine Mutter am nächsten Tag beim Frühstück.

»Ja, Mam«, sagte ich fröhlich. »Ein Fußballprojekt.«

»Tobt da nicht ein gigantischer Krieg oder so?«

Ich zuckte mit den Schultern.

»Doch, ich denke schon«, sagte meine Mutter, während sie das Schulbrot für meine kleine Schwester Lotte schmierte.

»Dann ist es doch gerade gut, wenn ich komme und helfe«, antwortete ich.

Meine Mutter packte zwei Butterbrote aufeinander und schnitt sie in zwei Hälften. Sie schaute besorgt. Vielleicht dachte sie an das, was sie mir am Abend zuvor versprochen hatte. Dass sie hinter mir stünde, wohin ich auch ging.

»Ich entscheide und kein anderer«, sagte ich zur Sicherheit.

Meine Mutter nickte und tat das Schulbrot in eine Brotdose. Danach schaute sie mich mit so einem Blick voll Mutterliebe an.

Zwei Tage später füllte ich die Papiere der Freiwilligenorganisation aus.

Ich durfte nicht einfach so zu dem Fußballprojekt. So funktionierte das nicht. An einem regnerischen Mittwoch meldete ich mich mit mehr als hundert anderen Interessierten bei dem niederländischen Büro der Organisation. Am Ende des Informationsabends bekamen wir eine Länderliste in die Hand gedrückt. Mit Bleistift konnten wir anschließend unsere Vorlieben und Vetos kundtun. *Ja* war ein Kreis, *Nein* ein Strich. Ich sagte, dass ich am liebsten nach Uganda wollte.

»Dahin wollen noch mehr Leute.«

»Ja, aber ich spiele sehr gut Fußball.«

»Schreib das dazu.«

Ich betrachtete die Liste. Darauf standen in alphabetischer Reihenfolge mehr als zwanzig Länder. Ich wusste noch nicht mal, wo sie alle lagen.

Als Erstes strich ich China durch. Das war dieses verrückte Asien und für mich damit ein No-Go. Pakistan bekam einen Strich, danach auch Kambodscha, Laos, Malaysia, Thailand, Indien und Hongkong. Alles Asien, alles nichts für mich.

Botswana ließ ich außen vor, genau wie Chile, Guyana, Honduras und den Rest der Länder, die nicht nach Asien oder einer Fußballschule für ehemalige Kindersoldaten klangen.

Ha, da stand Uganda, eingeklemmt zwischen Tschad und Uruguay. Ich verpasste ihm den einzigen Kreis und beschrieb möglichst ausführlich meine Fußballtalente und meine ausgezeichneten Englischkenntnisse.

Drei Wochen später bekam ich einen Anruf.

»Glückwunsch, Pieter!«

Ich bedankte mich.

»Du wurdest für eines unserer Projekte ausgewählt.«

Ich bedankte mich nochmals. In zehn Jahren würden die Stürmer von Ajax aus Uganda kommen. Durch *mein* Zutun!

»Pieter, du fährst nach Sri Lanka.«

Ich schwieg.

»Du wirst ein halbes Jahr lang an einer Schule für behinderte Kinder Englisch unterrichten.«

Ich schwieg. Englisch? Ach ja, richtig. Ich hatte damit auf dieser Länderliste geprahlt, um mich so in eine ehemalige britische Kolonie hineinzuschmuggeln. Aber jetzt sollte ich Englisch unterrichten. Wo noch mal genau?

»Auf Sri Lanka, Pieter.«

»*Auf* Sri Lanka?«

»Das ist eine Insel, Pieter.«

»Ach ja.«

Sri Lanka also. Natürlich hatte ich schon mal davon gehört, aber ich konnte mich nicht erinnern, es auf der Liste gesehen zu haben. Wo lag es eigentlich? Ich wagte es nicht zu fragen. Das Telefonat würde bestimmt nicht lange dauern und Google war ja nicht weit.

»Freust du dich drauf, Pieter?«

»Doch, ja.«

»Wir jedenfalls können uns das sehr gut vorstellen, Pieter.«

Es gibt solche Leute, die in jeden Satz deinen Vornamen packen. Das hier war so jemand. Ich hörte, dass sich meine Schule in einem kleinen Dorf im Landesinneren befand, etwa anderthalb Autostunden von der Großstadt Colombo entfernt. Es war eine islamische Schule. Behinderte Muslime also.

»Hauptsächlich taub, Pieter.«

»Ach.«

»Und auch einige Blinde.«

Ich konnte keine Gebärdensprache, ich las kein Braille. »Wie soll das gehen?«, fragte ich.

»Das geht schon in Ordnung, Pieter. Wirklich. Alles geht in Ordnung. In der Trainingswoche wird dir alles klar werden.«

Okay, also nicht Uganda und kein Fußballprojekt. Stattdessen würde ich demnächst tauben und blinden muslimischen Kindern Englischunterricht geben, in einem kleinen Dorf auf einer Insel irgendwo in der Welt.

Wir redeten noch ein bisschen. Wir legten auf. Ich rannte zum Computer und tippte *Sri-Lanka* ein. Mit Bindestrich, denn ich wusste noch nicht, dass man das ohne schreibt.

Auf dem Bildschirm erschien eine Karte. Ich klickte darauf und zoomte weg.

Da wusste ich, wohin ich fuhr.

In den vergangenen Jahren habe ich noch oft an diese Länderliste gedacht. Bei näherer Betrachtung muss Sri Lanka mit daraufgestanden haben, das kann eigentlich nicht anders sein. Ich hatte schlichtweg nicht gewusst, dass es zu Asien gehört.

Angenommen, ich hätte in meiner Schulzeit einen fanatischen Erdkundelehrer gehabt, der die Lage von Ländern als unverzichtbares Grundwissen betrachtet hätte? Oder angenommen, ich hätte irgendwann in meiner Jugend einen neugierigen Blick in den Atlas geworfen und dabei zufällig diese birnenförmige Insel inmitten des Indischen Ozeans aufgeschlagen?

Nur ein zusätzlicher Bleistiftstrich, und ich hätte Anfang September niemals mit dem Ziel einer mir damals noch völlig unbekannten Insel am Flughafen Schiphol gestanden. Ein Strich nur, und alles wäre anders gelaufen.

Zwei Engel in meinem Kopf

Nicht nur mein Herz benimmt sich eigenartig, auch mit meiner Atmung stimmt etwas nicht. Ich greife nach der Flasche auf dem Tisch vor mir und setze sie mir an die Lippen. Mit einiger Mühe gelingt es mir, meinen Hals unter Kontrolle zu bekommen. Wieder schaue ich auf meinen Laptop; auch nach dreimaligem Lesen steht da immer noch:

Elin Andersson möchte mit dir auf Facebook befreundet sein.

Ich starre und starre auf den Bildschirm, als könnte sich dieser Name wie durch ein Wunder doch noch in einen ganz anderen verwandeln.

Nichts geschieht. Ich schließe die Augen. Eins, zwei, drei, vier. Bei zehn öffne ich sie wieder. Elin Andersson will immer noch mit mir befreundet sein.

Mein Blick geht kurz zu dem anderen Bildschirm, wo ein brechend voller Museumplein vom Hubschrauber aus gezeigt wird. Als ich nach Sri Lanka flog und kurz vor der Landung aus dem Flugzeugfenster schaute, strahlte eine überwältigende Naturfarbe wie eine fluoreszierende große Stoffbahn zum Himmel herauf. Das werde ich nie vergessen. Es war, als würde ein Riesenteppich aus den allergrünsten Grashalmen das gesamte Land bedecken. Für einen Tag verstecken sich die Niederlande unter einem vergleichbar beeindruckenden Teppich. Nur die Farbe ist anders.

Zurück zum Laptop. Facebook gibt mir zwei Möglichkeiten: Ich kann links oder rechts klicken.

Bestätigen **Nicht jetzt**

Vor gut fünfeinhalb Jahren habe ich Elin zum letzten Mal gesehen. Zum letzten Mal an sie gedacht habe ich vor weniger als einer Stunde.

Das ist kein Zufall. Überhaupt nicht. Schon jahrelang stecken zwei Mädchen in meinem Kopf, zwei Engel. Elin und Isabelle kommen aus Schweden und weigern sich einfach, aus meinem Kopf wegzufliegen. Den einen Engel liebe ich, den anderen hasse ich.

Oder nein, ich hasse Isabelle nicht. Sondern nur den *Gedanken* an sie. Ich versuche, möglichst wenig an Isabelle zu denken, und um ehrlich zu sein, habe ich es in den letzten Jahren darin recht weit gebracht.

Weil sie also unmöglich komplett verschwinden kann, habe ich sie sorgfältig weggepackt, weit weg in meinem Kopf. Isabelle steckt da tief innendrin in einem zugenagelten Kästchen. Vielleicht ist es eine Notlösung, aber vorläufig bin ich froh darüber.

Manchmal, ganz selten, wenn ich im Bett liege, in Hörsaalbänken sitze oder nichtsahnend durch den Supermarkt gehe, entwischt Isabelle schon mal durch einen Spalt. Dann bin ich kurz vor dem Einschlafen, höre dem Professor oder der Professorin aufmerksam zu, lege gerade meine Einkäufe auf das Kassenband und auf einmal, ohne vorherige Warnung, kommt sie hervorgehuscht. Isabelle schwimmt an die Oberfläche meines bodenlosen Bewusstseins, um mich in einem möglichst alltäglichen Moment zu überfallen.

Wenn es passiert, gerate ich akut in Panik. Meine Hände werden klebrig, mein Hals fühlt sich rau an und mein Herz scheint mit mir durchzugehen. Aber inzwischen weiß ich, was ich in solchen Momenten tun muss. Ruhig bleiben, das ist die einzige Medizin. Kurz durchatmen, nochmals Atem holen, dem Gedanken an Isabelle einen unglaublichen Tritt in den Hintern geben und da weitermachen, wo ich stehengeblieben war. Ksch, zurück in die Ecke mit dir! Ich bin der Chef! Nein, es funktioniert nicht immer, aber für eine Notlösung meistens doch recht gut.

Mit dem ersten Engel ist es genau umgekehrt. So wenig wie ich an Isabelle zu denken versuche, so viel und so oft will ich Elin im Kopf haben. Und auch das gelingt mir recht gut. Es geht sogar kein Tag vorbei, ohne dass ich an Elin Andersson denke. Es geschieht fast von selbst.

Oft lächelt sie mich an. Manchmal küsst sie mich. Wir gehen schon mal miteinander ins Bett, wir scherzen miteinander. Und immer, wenn ich auch nur irgendeinen Kontakt mit einem Mädchen habe, steht Elin daneben. Dann tanze ich im Paradiso oder unterhalte mich in irgendeiner Kneipe und denke: Könnte es mit diesem Mädchen was werden? Und dann schüttelt Elin den Kopf und wieder geschieht an diesem Abend nichts. Oder manchmal passiert auch was, aber dann fühle ich selten etwas dabei. Küssen ist wie Zähneputzen und Sex so, als würde man eine Wand anstreichen. Routinemäßige Handlungen und für den Augenblick ganz in Ordnung, aber eigentlich nie mehr als das.

Mark würde es eine Zwangsvorstellung nennen. Das hat er nie zu mir gesagt (was auch nicht geht, weil ich ihm nie etwas von Elin erzählt habe), aber ich kenne Mark, ich kenne Marks Meinungen und weiß, er hätte mehr oder weniger recht. Ich habe Elin vor fünfeinhalb Jahren kennengelernt, sie vor ebenso langer Zeit zum letzten Mal gesehen und kann sie seit diesem einen Tag unmöglich vergessen. Und ich *will* sie auch nicht vergessen.

Aber bin ich wirklich so zwanghaft? Bin ich besessen? Leide ich an dem hartnäckigen Elin-Andersson-Syndrom? Ich nenne es doch lieber anders.

Magnificent view

An der Südküste Sri Lankas habe ich mich zum ersten (und letzten) Mal in meinem Leben irrsinnig verliebt. Und das war vor fünfeinhalb Jahren, an einem Weihnachten in der Sonne.

Am 25. Dezember 2004 gegen elf Uhr morgens saß ich an dem wunderbar weißen Strand eines noch nicht von Touristenmassen entdeckten kleinen Dorfs. Neben mir saß John Fletcher. Seine blasse Haut war trotz einer dicken Schicht Sonnencreme schon fürchterlich rot und verbrannt.

Wir hatten noch vier Tage, danach war es vorbei. Dann würden wir nach Hause zurückfliegen, nach einer fantastischen Zeit als Englischlehrer in diesem merkwürdigen Dorf, in dem wir uns im Lauf der Monate so unheimlich zu Hause gefühlt hatten.

»What are you thinking about?«, fragte ich.

»Absolutely nothing«, antwortete John mit seinem großartigen britischen Akzent. »My mind is completely empty.« Er war vor einigen Wochen achtzehn geworden und damit knappe drei Monate älter als ich, aber ich bin mir fast sicher, an diesem Tag haben wir uns beide gleichermaßen erwachsen gefühlt.

Im Meer übte ein damals noch namenloser Surfer einige Tricks, während ein paar Jungs aus dem Dorf Strandstühle schleppten, angebliche Markensonnenbrillen zu verkaufen suchten oder ein Gespräch mit den wenigen westlichen Frauen anknüpften, auf die sie es fortwährend abgesehen hatten.

»I really prefer Christmas in the sun«, sagte John.

»Me too«, bestätigte ich und streckte mich zur Unterstreichung meiner Worte nochmals faul der Länge nach aus. Das Buch in meiner Tasche flehte seit Tagen darum, gelesen zu werden, aber dort am Strand in der Sonne betasteten meine Finger viel lieber ziellos irgendwelche Muscheln als die bettelnden

Buchseiten. John und ich hatten uns völlig dem dicke verdienten Nichtstun hingegeben, dem ultimativen Urlaubsgefühl. »This is the best«, sagte ich zufrieden.

Zwei weiße Mädchen erschienen am Strand. John und ich beobachteten amüsiert, wie die *beach boys* – so nannten wir diese aufdringlichen Dorfjungen – auf ihre Beute losgehen würden. Und tatsächlich, noch bevor die Mädchen mit ihren Taschen und Handtüchern ein schönes Plätzchen am Wasser gefunden hatten, waren sie schon von vier, fünf der boys umringt.

»Where you from?«, hörte ich einen fragen.

»Beautiful girls!«, rief ein zweiter.

»Wanna party tonight?«, schlug ein dritter vor.

Die Mädchen lächelten höflich und gingen weiter.

»What's your names?«, versuchte es einer der beach boys wieder.

Die Mädchen blieben stehen, streiften ihre Flipflops von den Füßen, legten ihre Sachen hin und setzten sich. Drei beach boys gaben auf und schlenderten weiter, zwei blieben dran. Sie hockten sich zu den Mädchen, als wären sie schon seit Jahren die besten Freunde.

»You think we should rescue them?«, fragte ich John.

Er zuckte mit seinen rot verbrannten Schultern und in dem Moment zogen die Mädchen ihre Röcke und Hemdchen aus. Sie standen auf und rannten, ohne sich weiter umzublicken, in ihren Bikinis ins Meer.

Ich erlebte einen umgekehrten Kulturschock. Ein paar Hundert Kilometer weiter, in dem Dorf, wo John und ich fast ein halbes Jahr gewohnt und gearbeitet hatten, gaben die Kopftücher, die langen Ärmel und die mehr als fußknöchellangen Röcke wenig Anlass zu aufreizenden Fantasien. Schon bald waren die fast vollständig eingepackten Muslimfrauen und -mädchen dort für mich etwas ganz Normales geworden; desto extremer erlebte ich diese beiden fast nackten Wesen am Strand. Es war schockierend und aufregend zugleich.

Während die Mädchen schwammen und so taten, als gäbe es die Jungen nicht mehr, blieben die beach boys mit einem herausfordernden Grinsen bei ihren Sachen sitzen.

»They have to come back sometime«, sagte John nach einer Weile und gerade da standen sie aus den Wellen auf. Die Sonne beschien ihre nassen Leiber, es sah großartig aus.

»Magnificent view«, konstatierte ich laut.

John grinste, als James-Bond-Fan hatte er meine Anspielung auf *Stirb an einem anderen Tag* sofort erkannt. Wir dachten beide an die denkwürdige Szene, in der Pierce Brosnan mit einer Zigarre im Mund durch ein Fernglas späht und Halle Berry sexy und in einem orangefarbenen Bikini aus dem Meer kommen sieht.

»It's exactly like that movie«, sagte John. »But then two of them.«

Die Mädchen sprangen wieder an den Strand, aber statt auf ihren eigenen, noch immer von den zwei beach boys besetzten Platz steuerten sie direkt auf den ach so erwachsenen John und mich zu.

»Where you from?«, fragte die eine, als sie tropfnass vor uns standen.

»Wanna party tonight?«, fragte die andere hinterher.

Und während ich dasaß, hochschaute und die unförmig gewordene Stelle in meiner Badehose zu verbergen suchte, wusste ich zum ersten Mal ganz sicher, wie sich »Verliebtsein« anfühlt. Es war wie ein Lotteriegewinn, ohne dass man vorher weiß, dass man überhaupt mitspielt. Ich sah meinen klatschnassen Hauptgewinn, sie sah mich. Wir schauten uns an und mich überfiel dieses schreckliche Liebesklischee, an das ich bis zu diesem Augenblick nie geglaubt hatte. Es war Liebe an einem asiatischen Strand, zu einem Engel aus Schweden. Und ja, Ehrenwort: Es war Liebe auf den ersten Blick.

Profilfoto

Ich beuge mich vor. Als meine Augen nur noch einige Zentimeter vom Computerbildschirm entfernt sind, fokussiere ich sie auf Elins klitzekleines Profilfoto. Sie ist nicht zu erkennen, das hatte ich schon gesehen. Ein winziger Rücken hebt sich von einem ansonsten leeren Streifen Strand mit einem Stück Meer dahinter ab. Ist es Asien? Sri Lanka sogar? Bestimmt nicht.

Gott, ich bin ja so gespannt, wie sie jetzt aussieht. In meinem Kopf hat sich Elin Andersson in all den Jahren nicht verändert, in Wirklichkeit kann sich bei ihr durchaus eine Metamorphose vollzogen haben.

Ohne die Freundschaft zu bestätigen, klicke ich weiter auf Elins Profil. Da gibt es nichts zu begaffen, sie hat ihren Account gut gegen Voyeure abgesichert.

Bestätigen **Nicht jetzt**

Wenn ich ein Mal auf diese Schaltfläche klicke, ist die Freundschaft zwischen Elin und mir bestätigt und ich bin ein Freund anstelle eines Voyeurs. Einmal klicken und wir haben Kontakt, endlich wieder echten Kontakt. Ich kann fragen, wie es ihr geht, was sie die letzten Jahre gemacht hat. Ich kann von mir erzählen und lügen, dass ich zufälligerweise vorhabe, demnächst ein Wochenende in Stockholm zu verbringen. Womöglich schlägt sie dann vor – wenn ich ohnehin schon in der Nähe bin –, dass ich bei ihr vorbeikomme. Würde ich mich so etwas trauen?

Bestätigen **Nicht jetzt**

Der Fernseher zeigt die niederländische Elf beim Aufwärmen, unten links im Bild zählt eine rückwärts laufende Uhr die Minuten und Sekunden bis zum Anpfiff. Ich stehe auf und gehe durchs Zimmer, so wie Leute mit fürchterlichen Problemen oder großer Unentschiedenheit in Comics oder Zeichentrickfilmen durchs Zimmer laufen. Runden drehen, immerzu Runden, genau so lange, bis der Boden unter ihren Füßen wegradiert ist oder diese eine, geniale Eingebung im nächsten Bild als brennende Glühbirne über ihrem Kopf erscheint.

Es dauert etwas, bis mir klar wird, was ich da wirklich tue. Genau wie die Helden in Johannesburg bereite ich mich vor. Ich muss mich bewegen, mich warmlaufen, ich bereite mich vor für den Kampf. Auch ich stehe vor einem großen Augenblick (Elin Andersson möchte mit mir auf Facebook befreundet sein), das heißt, ich muss dafür sorgen, dass auch ich wirklich dazu bereit bin.

Ich renne zurück in mein Zimmer, öffne den Kleiderschrank, rolle den Schreibtischstuhl davor und stelle mich auf die wacklige Sitzfläche. Hoch oben im Schrank, weit weggepackt auf das oberste Regal, liegt ein rotes Basketballshirt, das ich an dem absonderlichsten Tag meines Lebens getragen habe. Danach nie mehr. Jahrelang schon liegt das viel zu große Shirt zusammengefaltet in meinem Schrank, wie ein verschlissenes Kleidungsstück, das man nie mehr anziehen wird, von dem man sich aber auch nicht trennen kann. Heute ist es anders. Die Frau meiner Träume möchte mit mir auf Facebook befreundet sein und dieses ärmellose Shirt ist meine Kampfuniform.

Ich greife nach dem Shirt, der Stuhl rutscht halb unter mir weg. Ich wanke und halte mich an der Tür fest, die sich mitsamt allen Schrauben krachend vom Schrank löst. Der Schreibtischstuhl rollt ganz weg und als logische Folge der Schwerkraft verliere ich das Gleichgewicht. Mit Karacho knalle ich vornüber.

It sounds incredible

John und ich luden die Mädchen ein, sich zu uns zu setzen. Nicht lange danach waren die beach boys fort, aber da hatten wir uns bereits kennengelernt. Nachdem wir ein Stündchen zu viert miteinander geplaudert hatten, gingen wir zu einem kleinen Strandrestaurant.

Beim Lunch lernte ich erste schwedische Wörter. *Varsågod* und *tack så mycket*, bitte schön und vielen Dank.

»Your pronunciation is very good«, sagte Elin.

»*Tack så mycket.*«

Sie war unleugbar die Schönere der beiden. Ihr Gesicht war braun, ihre Augen waren blau. Elin lächelte mich an und nahm einen Bissen Fisch. Ich sah die Sommersprossen um ihre Nase und das Grübchen in ihrer rechten Wange. Und während ein gegrillter Red Snapper voller Gräten auf einem Teller vor meiner Nase lag, wuchs meine plötzlich entstandene Verliebtheit so, wie alles auf Sri Lanka immer zu wachsen schien. Auf dem immerfort fruchtbaren Boden dieser großartigen Insel schoss aus jedem beliebigen Samen innerhalb kürzester Zeit das Prächtigste an Pflanze, Blume oder Baum hervor. In mir drin wuchs die Liebe in vergleichbar rasendem Tempo zu gigantischen Ausmaßen heran.

Fünfeinhalb Jahre später weiß ich noch genau, warum dieses blonde Mädchen damals dafür gesorgt hat, dass ich mich so idiotisch und fantastisch zugleich fühlte. Es war ihre Art zu essen. Vielleicht klingt es verrückt, aber es ist die reine Wahrheit. Mein Engel Elin aß sexy.

Isabelle aß, wie viele Mädchen essen. Ohne Appetit, mit kleinen Bissen und sterbensbang, die anwesenden Tischgenossen könnten denken, man äße nicht, um zu überleben, sondern weil es einem schmeckt. Essen unter Vorbehalt also, mit der chronischen Angst, als dick zu gelten. Meine Exfreundin Wendy verstand sich super darauf und ich hasste es.

Aber Elin, die wunderbare Elin, aß ohne Bullshit. Sie nahm große, gierige Bissen, ohne sich um den Rest der Welt zu scheren oder darum, was dieser womöglich davon halten würde. Sie aß wie ein Liebhaber. Begehrlich und mit Appetit. Irgendwie fand ich das extrem anziehend und es nährte mein Gefühl für sie.

Fast achtzehn und zum ersten Mal verliebt. Das ist vielleicht etwas spät; dennoch erfinde ich es nicht. Ich hatte davor zwar auch schon Freundinnen, aber als ich Elin begegnet bin, wurde mir rückwirkend klar, dass das etwas ganz anderes gewesen war.

Meine erste feste Beziehung passierte mir, ohne dass ich selbst wirklich etwas dafür konnte. Ich ging in die zehnte Klasse, sie hieß Ariane und es dauerte anderthalb Monate. Keinen Tag davon war ich verliebt, das weiß ich ganz sicher. Die Erleichterung, die ich empfand, als sie Schluss machte, ist das einzige große Gefühl, das ich im Zusammenhang mit Ariane verspürt habe.

Ich hatte etwas mit ihr, weil sie eine Klasse über mir war, weil meine Freunde und ich der Meinung waren, sie wäre »ein tolles Mädel«, und auch einfach deshalb, weil es offenbar ging. Es geschah bei so einem Hockeyfest, in der Reserveecke des Hauptplatzes, die einen Tag später pompös ins Bild rückte, als ich mir mit meinem Vater das Sportstudio anschaute. »Siehst du die Reservebank dort, Pa?«, hätte ich beinahe gesagt. »In der linken Ecke, an das dicke Plastik gelehnt, habe ich gestern ein Mädchen geküsst.« Dieses Mädchen war mir am Montag nach dem Fest in einer Freistunde völlig unerwartet in die Arme gehüpft. Ariane wollte mehr, mit mir gehen und so. Ich fühlte mich geschmeichelt. Das heißt, weiter fühlte ich nichts.

Nach Ariane kam Wendy. Sie war Halbchinesin und mit ihr

hatte ich fast fünf Monate lang eine Beziehung. Wendy und ich haben uns gegenseitig entjungfert – oder so ähnlich jedenfalls. Mit Wendy war es spannend, sexy und geil. Aber verliebt? Ich glaube nicht.

Wendy glaubte schon, war sich sogar sicher. Das sagte sie auch oft. Dann schaute sie mich unverwandt mit diesen dunklen, asiatischen Augen an und flüsterte, dass sie mich liebte. Trotz der großen Regelmäßigkeit, mit der ich es hörte, überrumpelte mich ihr Geflüster immer wieder aufs Neue. Was in aller Welt sollte ich sagen? Ich antwortete jedes Mal mit einem Kuss oder mit der Bemerkung, sie sei lieb. Aber nie sagte ich, was sie hören wollte. Ich konnte es nicht. Nach fast fünf Monaten wurde Wendy das klar.

Bei Elin hat es zum ersten Mal richtig gefunkt. Ein Treffer mitten ins Schwarze. »Liebe geht durch den Magen«, heißt es, und damit meint man, dass es Männer glücklich macht, wenn ihre Frau gut kochen kann. Meine Liebe für Elin Andersson ging auch durch den Magen, allerdings ein klein wenig anders.

Ich wusste es damals noch nicht, aber Mädchen, die essen, ohne nachzudenken, sind dieselben, die spontan ihre Kleider ausziehen und im schimmernden Mondlicht mit nackten Brüsten und nacktem Po ins Meer rennen. Selbst wenn die Brüste und der Po vielleicht nicht die perfekten Model-Maße haben. Es sind Mädchen ohne fortwährende Scham oder Zurückhaltung, Mädchen, die sich nicht gleich grundsätzlich anders benehmen, sobald ein Junge auf der Bildfläche erscheint. Echte Mädchen nenne ich sie. Sie sind unwiderstehlich.

»Are you staring at me?«, fragte Elin.

»I'm sorry?«

»You should be.« Sie nahm noch einen Bissen Fisch, lachte mir herausfordernd in mein rotes Gesicht. War ihr da schon klar gewesen, was ich fühlte?

Die Stimmung war gut, mehr als gut sogar. Elin und Isabelle

erzählten uns von ihrer Reise, die gerade erst begonnen hatte. Sie hatten ein Jahr lang gespart, um in den acht folgenden Monaten ein Gutteil der Welt zu entdecken. Nach Sri Lanka sollten noch mehr als fünfzehn Länder folgen.

»And you?«, fragte Isabelle. »What are you guys doing on this stunning island?«

»This is the end of our two week holiday«, sagte John. »In a few days we have to fly back home. But for the last couple of months we were teachers.«

»Oh, how nice! What kind of teachers?«

»Volunteers«, antwortete ich. »English lessons.«

»At a school for disabled children«, schob John trocken hinterher.

Die Mädchen guckten erstaunt, sogar ein wenig erschrocken. Behinderte Kinder ehrenamtlich unterrichten, irgendwie klang das längst nicht so anziehend, wie es in Wirklichkeit gewesen war.

Jeder Morgen in unserem Dorf begann mit demselben beeindruckenden Ritual. Morgens um halb acht standen wir Lehrer nebeneinander auf dem roten Felsboden des Innenhofs der Schule, uns gegenüber alle Kinder – ordentlich in Reihen aufgestellt – in ihren weißen Schuluniformen mit den weißen Mützen (die Jungen) und weißen Kopftüchern (die Mädchen). *Assembly* nannte sich das. Erst das Gebet und die Nationalhymne, danach kamen die offiziellen Mitteilungen. Alles geschah zunächst in Worten und anschließend in Gebärdensprache, und während dieses informativen kleinen Geschehens lugte ich immer verstohlen zu dem prächtigen Himmel und dem nicht weniger prächtigen Laub der Bäume hinauf. Ich saugte die überwältigende Natur Sri Lankas in mich ein, was mir jedes Mal wieder unvorstellbar viel Energie zu geben schien.

Das Unterrichten war fantastisch. Ich bekam Niveau drei, vier, fünf und sechs; fünf Tauben- und eine Blindenklasse, im

Alter variierend von sechs bis dreizehn Jahren. Als Lehrer kam ich mir groß, stark, erwachsen vor. Oft versuchte ich, etwas zu erklären, und schaffte es nicht auf Anhieb, aber immer wieder ließ ich mir etwas einfallen, wie ich es doch noch hinbekam. Es war großartig zu sehen, welchen Sprung nach vorn manche Schulkinder machten.

Ich unterrichtete und erhielt zugleich Unterricht. Jeden Tag kamen verschiedene neue Gebärden hinzu und nach gut einem Monat konnte ich schon ganz ordentlich damit umgehen. Am Anfang machte ich noch viel in Buchstaben, aber schon bald wurden die zu einem letzten Rettungsmittel – wenn ich wirklich nicht mehr weiterwusste – und ich kommunizierte wie ein ausgelernter Gebärdensprachen-Benutzer in ganzen Wörtern und Sätzen.

Die Gebärdensprache wurde auch etwas zwischen John und mir. Wenn wir nach einem langen, schlauchigen Schultag zu müde waren, den Mund aufzutun, benutzten wir unsere Hände. Ob das wirklich weniger Anstrengung kostete, weiß ich gar nicht, aber irgendwie hatte es etwas und außerdem war es gut für unseren Gebärdenwortschatz.

Wenn wir so miteinander gebärdeten, redeten wir uns immer mit unseren neuen Namen an. An unserem allerersten Tag, als John und ich eine Führung durch die Schule erhielten, beriet sich eine Gruppe tauber Jungen untereinander. Sie gebärdeten hin und her, bis sie irgendwann alle zugleich grinsten und nickten. Sie hatten sich über unsere *sign names*, unsere Gebärdennamen, verständigt. John war Daumen und Zeigefinger unter dem Mund schräg nach unten geführt: »Spitzes Kinn«. So weit John. Ich war eine offene Hand mit geschlossenen Fingern vom Scheitel bis zum Hals: »Langer Kopf«. Pieter.

»Guten Tag gehabt, Spitzes Kinn?«, gebärdete ich dann zum Beispiel.

»Schwer, aber prima«, gebärdete John dann zurück. »Und du, Langer Kopf?«

»Ich habe jemanden rausgeworfen«, erzählte ich ihm einmal.

»Du hast *was?*«

Oft verstanden wir die Gesten und Ausdrücke des anderen nicht sofort, aber selten entschieden wir uns dann für den einfachen Weg. Statt ins Englische umzuschalten, versuchten wir, es nochmals auf eine andere Weise zu erklären.

»Einen kleinen Jungen aus der Klasse geschickt«, sagten meine Hände und da verstand John es.

»Wirklich?«, gebärdete er. »Warum? Und wen?«

Diesmal ging es um Bisrin, einen Jungen aus der Blindenklasse, den erklärten Liebling aller Lehrer. Bisrin konnte wunderbar singen und immer, wenn hoher Besuch kam – wenn alle in Reih und Glied stehen mussten, weil irgendein britischer Philanthrop oder saudiarabischer Scheich sich überlegt hatte, es wäre vielleicht eine nette Idee, etwas Geld zu spenden –, wurde er vor die Klasse gestellt, um seine engelsgleiche Stimme zu Gehör zu bringen. Bisrin schien nie etwas falsch machen zu können, wurde immer entsetzlich vorgezogen und war dadurch im Lauf der Zeit verwöhnt und unausstehlich geworden.

Diesmal hatte er es allzu bunt getrieben. Schon ab der ersten Unterrichtsminute hatte Bisrin jede Mitarbeit verweigert und die anderen Kinder von der Arbeit abgehalten.

»Was hast du gemacht?«, gebärdete John.

»Ich habe ihm gesagt, er solle aufhören. Und als das nicht funktionierte, sagte ich, gleich müsste er sich in die Ecke knien.«

»Gleich müsste er *was?*«

»In die Ecke«, gebärdete ich. »Sich hinknien.«

»Echt?« John schaute mich ungläubig an; ich nickte. Auf Sri Lanka war das eine normale Strafe. Ich hatte zwar noch nie darauf zurückgegriffen, aber dieser Bisrin reizte mich wirklich bis aufs Blut.

»Und dann?«

»Ich habe es durchgezogen, aber in der Ecke machte er weiter seine Faxen.«

»Er machte *was?*«

»Bisrin schlug mit der Hand gegen die Wand und fing irgendwie an zu schreien.«

»Was denn?«

Ich öffnete den Mund und imitierte die nervigen Kehllaute, die der blinde Bisrin an diesem Tag in der Klassenecke hervorgebracht hatte.

John brach in lautes Gelächter aus. »What the hell!«, rief er.

»I know …«

»Then you sent him out of the classroom?«

Ich nickte. »I lost my patience.«

»And then what?«

»Er musste weinen«, gebärdete ich.

»Wie traurig.«

»Nein, überhaupt nicht. Er muss lernen, anderen nicht so auf den Zeiger zu gehen.«

John nickte. »Historical«, sagte er. »The day teacher Pete first sent a pupil out of his classroom.«

»And the day teacher Pete first made a pupil sit on his knees in the corner«, sagte ich.

»Also true.«

Ja, es stimmte. Ich hatte noch nie so etwas getan – auch gar nicht gewusst, dass ich dazu in der Lage war –, aber bemerkenswerterweise tat es mir kein bisschen leid. Und ich schämte mich auch nicht, es zu erzählen. In dieser Zeit gab es auf der Welt niemanden außer John, dem gegenüber ich so offen und so sehr ich selbst sein konnte. Vom allerersten Augenblick an, als er und ich uns begegnet waren, gab es diese Freundschaft zwischen uns.

Wir hatten uns in der Trainingswoche kennengelernt. In diesen Tagen in Schottland – wo sich die Zentrale der Freiwilligenorganisation befand und wo wir auf unsere Tätigkeit als Lehrer vorbereitet wurden – war es wie ein merkwürdiger Mangel, dass wir all die Jahre davor zwei einander vollkommen unbekannte Leben geführt hatten. Es fühlte sich an, als ob wir etwas nachzuholen hätten; wir laberten uns gegenseitig die Ohren vom Kopf und ich war mir sicher, dass John und ich uns immer etwas zu sagen haben würden. Freunde für immer, dachte ich damals, aber nach unserer Zeit auf Sri Lanka ist es doch etwas eingeschlafen. Zwei verschiedene Leben gingen in zwei verschiedenen Ländern weiter und die Selbstverständlichkeit, mit der sich das vollzog, war von derselben Art wie die, mit der wir uns in unserer Sri-Lanka-Zeit zuhören, übereinander lachen und gänzlich anderer Meinung sein konnten.

Auf dieser Insel hatte ich das Gefühl, dass wir uns gegenseitig eine Million Dinge beibringen konnten und uns in ebenso vielen Dingen scheinbar perfekt ergänzten. Es war, als ob wir zusammen ein gigantisches Puzzle entdeckt hätten. Die Teile waren in uns selbst versteckt und eins nach dem anderen legten wir sie auf die richtige Stelle. Ich glühte innerlich und hatte das glückliche Gefühl, dabei zuzusehen, wie dieses Puzzle mit jedem Tag schöner wurde.

Nach Sri Lanka wurde mir klar, dass das Puzzle fertig war, dass wir schon dort die letzten Teile auf die richtige Stelle gelegt hatten.

»Wow«, sagte Elin. Sie schien zu verstehen, was für eine fantastische Zeit John und ich in den Monaten zuvor gehabt hatten.

»It sounds incredible«, sagte Isabelle, während sie unsere Gebärdennamen mit den Händen auszusprechen versuchte.

»Langer Kopf«, gebärdete John zu mir. »Ich glaube, sie sind beeindruckt.«

»Glaubst du, Spitzes Kinn?«

»Das hörst du doch!«

»Hey guys?«, unterbrach Elin unsere Gebärden. »What are you doing?«

»Communicating«, sagte John. »About you.«

»How rude!«

»Sie mögen uns«, fuhr John unbeirrbar fort.

»Das denke ich auch«, gebärdete ich zurück.

All unsere Gebärden wurden von den Mädchen mit gespielter Entrüstung beantwortet. Wir lachten, plauderten und bestellten haufenweise frisches Obst.

Ja, die Stimmung war wirklich mehr als gut.

Yao (Nummer elf)

Mein Kopf hämmert, blutet sogar. Die Misttür von diesem billigen Scheißschrank ist direkt neben meinem Auge gelandet. Aus einem tiefen Schnitt rinnt Blut und tropft genau auf das neben mir auf den Boden gefallene Shirt. Das eine Rot mischt sich mit dem anderen. Ich nehme das Shirt und presse es auf die verletzte Stelle.

War ich eine Zeit lang bewusstlos? Aus dem Wohnzimmer höre ich Nationaltrainer Bert van Marwijk sagen, er vertraue seiner Mannschaft; das Spiel hat offenbar noch nicht angefangen.

Ich stehe auf, gehe mit dem immer noch an den Kopf gepressten Shirt in die Küche. Ich nehme eine Dose Bier aus dem Kühlschrank und tausche sie gegen das Shirt aus. Die Kombination von kaltem Aluminium und meiner offenen Haut brennt, aber es ist ein schöner Schmerz. Ich presse die Bierdose noch etwas fester auf die Wunde.

Zurück im Wohnzimmer fällt mir ein, dass ich keinen neuen Strich auf die Liste am Kühlschrank gemacht habe. Ach, was soll's, ich hatte beide Hände voll. In der einen die Dose, in der anderen das blutige Basketballshirt.

Ich setze mich wieder vor den Fernseher. Blut tropft auf die Couch. Es läuft an der Dose herunter, ist auf der Couch und auf meinem Polohemd. Muss das genäht werden? Mir tun schon jetzt die Ärzte und das Pflegepersonal leid, die heute Abend in den Notaufnahmen der Krankenhäuser Dienst haben. An so einem historischen Abend wird doch wohl niemand aus Spaß Handgelenke eingipsen oder Schnittwunden zunähen?

Ich halte das Basketballshirt mit beiden Händen vor mich und betrachte es. »Yao«, steht hintendrauf und darunter die Nummer elf. Ich rolle das Shirt auf und wickle es mir wie einen Turban um den blutigen Kopf.

Mein Laptop steht aufgeklappt neben einer Flasche und einer Dose. Alle drei lächeln sie mich an, versuchen mich zu verführen. »Freundschaftsanfrage bestätigen«, sagt der Computer. »Nimm erst einen Schluck«, sagen die Biere. Sie sind zwei gegen einen, ich nehme einen Schluck aus der Flasche. Lauwarm. Ich öffne die Dose, wische das Blut weg und nehme einen zweiten Schluck. Wunderbar kalt.

In Südafrika halten die niederländischen und spanischen Spieler bei Flutlicht Einzug ins Stadion. Vorneweg mit Glatze, geradem Rücken und einem stolzen Lächeln Schiedsrichter Howard Webb. Auf seinem hellblauen Shirt und seiner schwarzen Hose glänzen gelbe, fluoreszierende Streifen. Falls die Stadionbeleuchtung unverhofft ausfällt, wird auf jeden Fall der Schiri noch prima zu sehen sein. Webb würde auch im Dunkeln leuchten, ist über den Rest erhaben. In Gedanken sehe ich eine Ähnlichkeit mit zwei buddhistischen Mönchen irgendwo in einem Tempel im Süden Sri Lankas. Der Spielball, der eigens für heute mit zwei Goldrändern versehen ist, liegt auf einem kleinen, braunen Altar bereit, aufgenommen zu werden. Der glatzköpfige Mönch in Johannesburg geht daran vorbei und pflückt den ebenso heiligen Ball von dessen Sockel. Webb trägt ihn auf der rechten Hand wie ein Kellner ein Tablett voll Delikatessen. Er serviert der Welt den Ball wie den ersten, göttlichen Gang einer Speisenfolge.

Elin Andersson möchte mit mir auf Facebook befreundet sein. Bestätigen? Nein, nicht jetzt. Ich klappe meinen Laptop zu, nehme noch einen Schluck Bier und konzentriere mich auf den Fußball. Das Endspiel kann jeden Augenblick anfangen.

Mitten im Essen, als meine Verliebtheit schon nie dagewesene Ausmaße angenommen hatte, kam dieser einsame Surfer aus dem Meer auf die Terrasse unseres kleinen Restaurants. Er stellte sein Brett in eine Ecke, setzte sich auf einen Plastikstuhl unweit von unserem Tisch und genau in mein Blickfeld, legte die Füße auf einen zweiten Stuhl und rieb sich dann mit einer Hand langsam über seine unbehaarte, braun gebrannte Brust. So wie er da mit seiner tollen Badehose und seiner reflektierenden Sonnenbrille hingestreckt auf den zwei Stühlen saß, schien es, als hätte er die ganze Welt unter Kontrolle.

»How's the fish here, guys?«, erklang es nach einer Weile mit einem überdeutlich australischen Akzent.

John, Isabelle, Elin und ich hoben die Köpfe: Der Kontakt war hergestellt. Noch keine zehn Sekunden später saß Andrew – so hieß er – bei uns am Tisch und übernahm das Gespräch. Er erzählte, dass er schon gut drei Jahre lang unterwegs sei und in dieser Zeit die halbe Welt gesehen habe.

»Do you have a favourite country?«, fragte Isabelle.

Nein, das hatte er nicht. Jedes Land hatte Andrew zufolge etwas Besonderes, obwohl er seinen neunmonatigen Motorradtrip durch Südamerika dann doch als ein *amazing highlight* bezeichnete.

»Nine months?«

»Yeah mate, no kidding. I tried to follow – you know – the Che Guevara route, from his diaries, you know.«

Ja, zufällig knewten wir. In einem uralten Kino in Colombo hatten John und ich vor gar nicht langer Zeit *The Motorcycle Diaries* gesehen, einen Spielfilm nach den Tagebüchern Che Guevaras. Er hatte uns beiden hervorragend gefallen und nach diesem Film wusste ich ganz sicher, dass ich nach meiner Rückkehr nach Hause möglichst schnell meinen Motorradführerschein machen wollte. Vorsätze kommen und gehen, denn bis jetzt – mehr als fünf Jahre später – habe ich noch nicht mal mit dem Autoführerschein angefangen.

John und ich waren oft in Colombo. So fantastisch uns die Arbeit und das Leben im Dorf auch gefielen, jedes freie Wochenende fuhren wir dorthin. In der Großstadt hatten wir einen anderen Lebensstil, konnten tun und lassen, was wir wollten. Wir kauften Sachen in den Geschäften und auf dem gigantischen Markt, gingen schick essen und tranken viel zu teure Tassen Tee auf den prächtigen Terrassen dieser typischen Hotels aus der Kolonialzeit. Es war unsere Art, zwischendurch wieder zu Atem zu kommen und sämtliche Alltagseindrücke zu verdauen, und nach so einem westlichen Wochenende gingen wir immer wieder energiegeladen und mit frischem Mut an unsere tägliche Arbeit in der Dorfschule.

»I rode this old-fashioned chopper, you know.« Andrew schaute verträumt auf einen imaginären Punkt irgendwo am Horizont. »It was like, well … fucking awesome.« Er erzählte von Argentinien, Peru, Nicaragua, dem Iran, China, der Mongolei. Überall waren die Menschen »amazing« und »awesome«.

»And when do you plan on going home?«, fragte John, der bis dahin vornehmlich geschwiegen hatte.

Andrew war einen Moment still. Dann schüttelte er den Kopf, legte die rechte Hand auf seine nackte linke Brust, schaute John durchdringend an und sagte: »Dude, you have to understand this. Home is where the heart is.«

Eigentlich fand ich Andrew bloß nervig. Mir kam er wie so ein typischer breitschultriger Surfer vor, der mit seiner glatten Brust und seinen nicht weniger glatten Sprüchen jedes Mädchen zu umgarnen versucht. Erst nach mehr als einer halben Stunde schob er seine Spiegelbrille mit einer coolen Geste in sein langes, sonnengebleichtes Haar und gönnte uns das Privileg, seine unverschämt blauen Augen zu sehen. Nachdem er

Elins und Isabelles Weltreiseplan mit einem zustimmenden Kopfnicken zur Kenntnis genommen hatte, drehte Andrew abermals seine schönen Augen übertrieben langsam in Johns und meine Richtung. »So tell me guys«, sagte er. »What are you two doing here?«

Ich erklärte, dass wir fast ein halbes Jahr lang ehrenamtlich in einem kleinen Dorf im Inland Unterricht gegeben hatten. Andrew fand es »fucking awesome«.

»It wasn't just *awesome*«, sagte John.

Ich sah Elin und Isabelle einen erstaunten Blick wechseln. Kurz vorher noch hatten wir so begeistert davon erzählt, wieso dann jetzt auf einmal diese Zurückhaltung? Aber ich verstand John: Ganz bestimmt dachte er dasselbe von Andrew wie ich und wollte ihm gegenüber nicht den Eindruck erwecken, wir wären bloß fröhliche und oberflächliche Partygänger. Um seine Worte zu unterstreichen, erzählte John die Geschichte von den blinden Zwillingsbrüdern.

Fasmin und Fazil hießen sie und sie stammten aus einer bettelarmen Familie aus dem Hochland von Sri Lanka. Ihr Vater war Reissackträger in Colombo, ihre Mutter Teepflückerin auf einer Plantage. In der Kategorie »Arbeit für Geld« waren das so ungefähr die am schlechtesten bezahlten Jobs, die es gab.

John und ich hatten eine Schwäche für die Brüder. Einmal kamen sie beide nicht zum Unterricht, also fragte ich, ob jemand wüsste, wo sie steckten.

»Sick, Pete-sir«, rief Habeeb, ein fast zahnloser Junge, der immer alles wusste. »Very sick, Pete-sir.«

In dieser Woche herrschte in der Tat eine Erkrankungswelle an der Schule und ich machte mir sofort Sorgen um die beiden erst siebenjährigen blinden Brüder. Half ihnen jemand beim Waschen, mit ihrer Wäsche oder dabei, ihr Bett neu zu beziehen? Normalerweise nicht, aber ich konnte mir vorstellen, dass ihre Fähigkeit zur Selbsthilfe Grenzen hatte.

Meine Sorgen erwiesen sich als begründet. Als John und ich in der Pause in den Jungenschlafsaal gingen, fanden wir Fasmin und Fazil nebeneinander in ihrem Bett, todkrank und in ihrem Bettzeug voller Durchfall.

»Bloody unbelievable«, meinte John kopfschüttelnd.

Wir holten die beiden Brüder aus dem Bett, wuschen sie, sorgten für saubere Kleidung und Bettwäsche und packten sie wieder ins Bett.

Da lagen sie, die armen, blinden Wichte.

»Thank you, sirs«, flüsterte Fasmin.

»Thank you very so much, Pete-sir and John-sir«, flüsterte Fazil.

John und ich konnten mit Mühe regeln, dass zwei taube Ältere ab und zu nach dem Rechten sahen. Wir baten sie nachdrücklich, einen von uns zu holen, wenn das Bett wieder neu bezogen werden musste oder die Brüder plötzlich noch kränker werden sollten.

»What a place«, sagte ich abends nach der Schule zu John, als wir zusammen hinter dem Wackelschreibtisch in unserem Zimmer den Unterricht für den nächsten Tag vorbereiteten.

John nickte verstehend. Alle, die wir kennengelernt hatten, waren nett, das Land war fantastisch und das Unterrichten großartig. Aber zwei völlig ihrem Schicksal überlassene todkranke kleine Jungen in einem vollgekackten Bett gehörten also auch zum Bild.

»That's horrible«, sagte Isabelle mit angewidertem Gesicht.

Andrew erzählte, er hätte einmal in Guatemala in einer Gasse eine Leiche liegen sehen. Das war seiner Meinung nach erst horrible!

Ich hatte in kurzer Zeit einen leisen Widerwillen gegen diesen Andrew entwickelt, aber gleichzeitig fand ich das doof von mir. Ich hatte mich doch geändert, da auf Sri Lanka? Ich war doch älter und weiser geworden und urteilte doch nicht mehr so schnell über andere? Ich kenne ihn noch nicht, dachte ich. Ich muss der Welt offen gegenüberstehen. Und auch wenn es mich Mühe kostet, werde ich mir dieses großartige Zusammensein nicht durch meine Vorurteile verderben.

»Do you guys have any other plans for today?«, fragte Isabelle dann und ich denke, das war genau der Satz, auf den Andrew gewartet hatte.

Von diesem Zeitpunkt an waren wir zu fünft.

Unsere »weiteren Pläne« für diesen ersten Weihnachtstag 2004 bestanden aus mehr Trinken, mehr Schwimmen, mehr Plaudern, noch mehr Trinken, noch mehr Schwimmen und noch mehr Plaudern. Danach aßen wir am Strand zu Abend.

»A real Christmas dinner!«, hatte einer von uns vorgeschlagen, was später vor allem auf sehr viele Cocktails hinauslaufen sollte.

Es schien, als würde der Tag nie mehr zu Ende gehen, als würden die Uhren auf Sri Lanka zwei, drei, ja vielleicht vier Mal langsamer ticken als zu Hause. Es war das ultimative Reisen, weg sein, die Zeit vergessen.

Die Haltung, die ich mir Andrew gegenüber vorgenommen hatte, funktionierte auch immer besser. Nach einer Weile entdeckte ich unter seinem coolen Surf-Talk sogar eine anrührende Form der Unsicherheit. Und was vielleicht noch wichtiger war: Ich sah, dass Andrew schon bald seine Jagdpfeile auf Isabelle richtete, weil Engel Elin sich zu meiner großen Erleichterung für seine schrecklich durchsichtigen Avancen überhaupt nicht empfänglich zeigte.

Nach dem Essen geschah es. Wir saßen zu fünft am Strand, hatten ein paar vom Restaurant losgeeiste Fackeln neben uns in den Sand gesteckt. John und Andrew versuchten abwechselnd, Isabelle das mit dem Bürgerkrieg, den Tamilen und der korrupten Regierung zu erklären. Ich sah, wie zwei Jungs versuchten, das Herz ein und desselben Mädchens zu erobern, und es beide nicht schafften. Isabelle hörte interessiert zu, hielt sich jedoch jeden romantischen Annäherungsversuch vom Leib. Näherte sich eine männliche Hand so ganz aus Versehen der ihren, bewegte sie den Arm raffiniert nach hinten; setzte sich Andrew oder John wie von ungefähr näher zu ihr, rückte sie ein kleines Stück weg.

Elin und ich unterhielten uns währenddessen. Ich erinnere mich nicht mehr, worüber, sondern nur noch, dass es in diesem Moment sehr, sehr lustig war. Sie flirtete mit mir, trotz der vielen Cocktails entging mir das nicht.

»You're a funny guy«, sagte sie irgendwann.

»*Tack så mycket*«, war meine Antwort.

Sie lachte. Ich fand sie ja so schön! Elin trug keinen BH, das war auch nicht nötig. Ihre Brüste waren klein genug, um sich ohne Unterstützung unter diesem sexy moosgrünen Hemdchen verstecken zu können. Es waren die großartigsten Brüste, die ich je gesehen hatte. *Titties*, zuckte es mir durch den Kopf, aber das klang so respektlos. Trotzdem war es die beste Formulierung, die mir im Moment einfiel für das, was diese zwei wunderbaren Körperteile faktisch waren. Immer wenn Elin sich vorbeugte, sah ich sie hängen. Nein, hängen war nicht das richtige Wort. Ich sah sie da sein. Dass sie da waren, meine ich, oder einfach, dass es sie gab. Ich sah sie *sein*.

Einmal dachte ich, Elin hätte mich auf frischer Tat ertappt. Während ich heimlich hinschielte, drehte sie plötzlich den Kopf in meine Richtung. Sie schaute mich mit ihren blauen Augen an und lächelte. Ich lächelte zurück. Was sollte ich sonst tun?

Ich wollte sie befreien, diese Titties. Das Grün hochheben und meine Hände um sie schließen. Und mir war klar, dass das sogar im Bereich des Möglichen lag. Mein Blick war vom Alkohol getrübt, aus meinem Mund kamen überraschend merkwürdige Sätze, aber trotzdem wusste ich verdammt gut, dass Elin und ich schon seit Stunden umeinander herumschlichen.

»Pieter, let's go for a walk«, sagte sie endlich.

Wir standen auf, die anderen drei schienen es nicht einmal zu bemerken. Wir gingen am Wasser entlang. Es war Vollmond, oder doch fast. Einen Tag vor dem monatlichen heiligen Poya Day.

»This is the most beautiful Christmas I've ever had«, sagte Elin.

Ich ging nicht mehr, ich schwebte. Es waren die Cocktails.

»Shall we go for a swim?«, fragte sie.

Ich weiß nicht mehr, was ich dachte. »You're extraordinary beautiful«, sagte ich. Irgendwas in der Art. Und wenn ich mich recht erinnere, fragte ich sie, betrunken wie ich war, was *titties* auf Schwedisch waren.

Kurz darauf zog Elin all ihre Sachen aus. »Follow me, you coward!«, rief sie und rannte selbst lachend ins Meer. Ihr vom Mond beleuchteter Po tanzte vor meinen Augen.

Ich zog mein T-Shirt und meinen Sarong aus. Meine Flipflops lagen schon im Sand. Ich zog meine Boxer aus. Ich war nackt.

Ich bin glücklich, durchfuhr es mich. Fuck, ich bin glücklich! Ich bin betrunken und nackt und ich bin noch nie so glücklich gewesen. Das hier ist fucking ultimativ.

Ich schwankte. Es waren die Cocktails. Ich blieb stehen, breitete die Arme aus und schaute hoch zu dem Mond und den Sternen.

»Swim with me, handsome man!« Es war der unwiderstehliche Lockruf eines Engels.

Ich ging ins Meer, das Wasser hatte eine heilsame Wirkung auf meinen benebelten Zustand. Elin sprang fast sofort auf mich. Wir fielen um, küssten uns, strampelten, kamen wieder hoch. Ich legte meine Hände um ihre Taille, sie die Arme um meine Schultern. Wir standen in den warmen Wellen wie Geliebte, die sich seit hundert Jahren nicht mehr berührt haben. Es war die Umarmung des Jahrhunderts.

»You're sweet«, flüsterte Elin mir ins Ohr.

Sie befummelte mich, ich stümperte irgendwie herum. Es waren die Cocktails.

»Sweet Pete«, flüsterte sie. »It's alright. It's all good.«

Ich stümperte noch etwas weiter. Danach nicht mehr. Unsere Körper fanden sich im Wasser. Es gibt Sex und es gibt Sex. Und dann gibt es noch so etwas wie Verschmelzung. Vor diesem magischen Moment im Meer hatte ich nicht gewusst, dass es so etwas gibt. Es war fucking ultimativ und ich war abgedreht glücklich.

Erste Hälfte

High five

Noch keine sieben Stunden nach dem himmlischsten Moment meines Lebens weckte mich das schwere Gebrumm eines Flugzeugmotors. Aber das war doch nicht möglich! Schon saß ich aufrecht. Ein Flugzeug? Hier, in einem kleinen Dorf an der Küste? Ich versuchte, mich besser auf das Geräusch zu konzentrieren. Es klang wie Wasser. Ja, das war es. Bestimmt so ein Tank auf dem Dach. Die Dinger gab es überall und alle naselang liefen sie über.

Rumms!

Die Tür kam wie ein Geschoss ins Zimmer geflogen, als hätte ein Mann hinter der Tür den Gummi eines riesigen Katapults stramm gezogen und dann losgelassen. Aber es war kein Mann zu sehen. Sondern nur Wasser, schnell fließendes Wasser.

Mein erster Gedanke: Mist, alle meine Sachen werden nass! Im Handumdrehen stand das Zimmer unter Wasser. Die Möbel schwammen, mein Bett wurde zum Surfbrett.

Mein zweiter Gedanke: Hier entsteht ernsthafter Sachschaden. Wirklich so richtig scheiße für die Leute, die dieses Guesthouse über viele Jahre nach und nach aufgebaut haben.

Mein dritter Gedanke? Keine Ahnung. Nichts vielleicht. Gehirn aus, Instinkt an. Zwei unsichtbare Hände ergriffen mich. Sie zogen mich an meinen nackten Schultern hoch und schoben mich aus dem Bett ins Wasser. Neben dem Bett trieb ein Stuhl. Über dessen Rückenlehne hing nass gewordene Kleidung. Ein T-Shirt, ein Sarong. Der Stuhl wurde mir auf den Kopf gestellt, meine Fäuste umklammerten die Beine.

Das Wasser berührte meine Fußknöchel, meine Knie, reichte mir schon bis zum Schritt. Die unsichtbaren Hände entwickelten Eile und ließen meine Beine mit voller Kraft durch das Wasser rudern.

Die Hände dirigierten mich durch den Flur und die Treppe hinauf. Weiterstrampeln, immer weiterstrampeln, egal ob du einen Stuhl auf dem Kopf balancierst oder nicht.

Noch eine Treppe. Das Wasser sank, oder nein, mein Leib stieg. Ich wurde nach oben gejagt, bis ich nicht weiterkonnte. Der Stuhl mit der Kleidung fuhr per Anhalter mit, oben auf dem Guesthouse durfte er endlich herunter. Die Eisenbeine schlugen auf das Flachdach, meine Fäuste ließen los. Der Sarong war von der Lehne gerutscht und lag wie ein nasser Wischlappen auf dem Sitz.

Zwei unsichtbare Hände drückten mich auf den Stuhl, auf den Lappen. Sie gaben sich gegenseitig ein unsichtbares Highfive. Hier war es sicher. Mission erfüllt.

Ich saß auf einem Sarong. Auf einem Stuhl. Auf einem Dach. Über mir schien die Sonne, unter mir soff gerade die Welt ab. Vom Strand her erklang der wilde Lärm einer Menschenmenge, die sich ohne unsichtbare Hände helfen musste. Brüllende Männer. Kreischende Frauen. Schreiende Kinder. Raue Klänge tauchten durch meinen Körper, schwammen ins Tiefe, ins Innerste meines Innersten.

Die unsichtbaren Hände drückten mich fest auf den Wischlappen. Ich konnte mich nicht bewegen, noch nicht mal hinschauen. Ich konnte nur dem Gebrüll, Geschrei und Gekreische lauschen. Nie zuvor habe ich so etwas gehört, aber mein Körper gab mir eine ebenso ungebetene wie vollkommene Übersetzung dieses wilden, fast tierischen Menschenlärms. Jede Zelle in mir verstand, was dieses wortlose Geschrei aus all den Kehlen bedeutete.

Ich hörte eine Menschenmasse, die sich mit aller Kraft ans Leben zu klammern suchte. Eine Masse, die flehte, doch bitte noch etwas länger auf dieser Welt bleiben zu dürfen.

Es gibt Schreie und es gibt Schreie. Und dann gibt es noch so etwas wie Todesangst. Es waren Urschreie aus dem Mark des Menschen. Es war das Ende.

»Ja, Pieter«, flüsterte eine Stimme aus dem Nichts, die offenbar zu den unsichtbaren Händen gehörte. »Diese Menschen da unten gehen jetzt allesamt drauf.«

Ich wusste, dass die Stimme recht hatte. Ich befand mich mitten in der Wirklichkeit. Vielleicht – als ich noch im Bett lag – hatte es wie ein Traum angefangen, aber was dort um das Dach herum geschah, war so echt, wie es nur sein konnte.

»Pieter«, klang die Flüsterstimmer wieder. »So klingt der Tod.«

Während eine Hand mich sicher festhielt, bewegte sich die andere zu meinem Kopf. Ein unsichtbarer Finger streckte sich aus und bohrte sich mir durch den Schädel bis tief ins Gehirn. Der Finger drückte auf einen Knopf.

Klick.

Das Licht ging aus.

Es hat angefangen

Klick.

Howard Webb drückt auf die Stoppuhrfunktion seiner Uhr und bläst in seine Pfeife. Robin van Persie kickt den goldumrandeten Ball zu Wesley Sneijder, der ihn wiederum zu Mark van Bommel zurückschießt. Ein tiefer Pass, Dirk Kuijt läuft darauf zu, aber der Ball rollt schon über die spanische Grundlinie. Das Finale hat begonnen.

Alle Umstände sind so, wie ich sie haben wollte. Ich bin allein zu Hause und unerreichbar für den Rest der Welt. Die Euphorie oder Enttäuschung während des Spiels und danach darf ich ganz allein erleben.

Trotzdem fühlt es sich nicht gut an. Irgendwas stimmt nicht. Ich bin zwar allein, aber die Unruhe einer zweiten Person hängt fortwährend neben mir auf der Couch.

Ich nehme einen Schluck Bier und pule an dem Turban. Ob das Bluten schon aufgehört hat? Ich versuche, mich auf das Spiel zu konzentrieren. Der Ball wird abgeschossen, erreicht den Kopf des Spaniers Sergio Ramos, fliegt in Richtung niederländisches Tor und Torwart Stekelenburg hechtet gestreckt in die Ecke. Mit äußerster Kraftanstrengung verhindert er einen frühen Rückstand. Es erschreckt mich kaum: Die zweite Person erfordert viel zu viel Aufmerksamkeit.

Ohne meine Augen vom Fernsehbildschirm abzuwenden, löse ich den Turban. Ich fühle neben meinem Auge; mein Finger bleibt trocken. Ich rolle den Turban aus und sofort ist es wieder ein Basketballshirt.

Ich hatte es als meine Kampfuniform aus dem Schrank geholt. Jetzt ist es blutverschmiert. Aber muss es nicht eigentlich so sein? »Blut, Schweiß und Tränen«, heißt es. Der Schweiß ist an diesem brütend heißen Sommerabend schon seit Stunden da, die Tränen werden sowieso nicht kommen. Ein bisschen Blut wird dem Kampf bestimmt guttun. Ich ziehe mein schmutziges Polohemd über den Kopf und tausche es gegen das rote Shirt. Ich stecke die Arme durch die seitlichen Öffnungen und verwandele mich sofort in einen Chinesen.

Der Laptop geht auf. Pieter ist ein Fußballfan, Yao mag Computer lieber.

Elin Andersson will noch immer mit mir befreundet sein. Mit dem Herzen will ich es auch – nichts lieber als das –, aber mein Kopf muckt dagegen auf. Es ist so wie schon seit Jahren. Zweifel, Angst. Der zweite Engel, das Kästchen in meinem Kopf.

Während sich die Spieler im Fernsehen den Ball gegenseitig zuspielen, bewegt dieser freche Yao die Maus in die obere Ecke der Facebook-Seite. Ich kann jetzt zwar versuchen zu widersprechen, aber was kann ich gegen so einen Riesenkerl schon ausrichten? Vielleicht ist es vernünftiger, wenn ich Yao noch etwas machen lasse.

Bestätigen **Nicht jetzt**

Klick.

Und ja: Elin und ich sind Freunde.

Why does it have to be so bloody damn hot?

Klick.

In dem Augenblick, als mein nackter Fuß eine schlammige Wasserpfütze berührte, ging das Licht wieder an. Nach einer Abwesenheit von unbestimmter Dauer war ich zurück auf der Erde. Ich stand mit einem trockenen Fuß auf dem Dach und mit einem nassen auf einem überschwemmten Absatz.

Wahrscheinlich war ich in der Zwischenzeit von dem Stuhl aufgestanden. Anders konnte es eigentlich nicht sein. In meinem Kopf war das Licht da noch aus gewesen, aber mein Körper hatte sich schon wieder bewegt. Ich denke, dass ich zu der hochstehenden Dachkante gegangen bin, dann mein rechtes Bein hinübergeschwungen habe und dass mein rechter Fuß daraufhin in dieser lauwarmen Schlammpfütze verschwand.

»Pete«, sagte eine Stimme hinter mir. »Stay here.«

Ich drehte mich um, es war John Fletcher. Ich hatte keine Ahnung, wie und wann er dort gelandet war, sah ihn da erst. Er stand mitten auf dem Dach, nur in Unterhosen. Es waren weite, rot karierte Boxershorts.

»It's not safe yet«, sagte John. »We have to stay on this bloody roof.«

Liebe Güte, wie schlecht der Typ die Sonne vertrug! Sein nackter Körper hatte die Farbe von halb durchgebratenem Hähnchen. Aber dann spürte ich auch meinen Rücken und die Schultern. Oben auf dem schattenlosen Flachdach setzte uns die brennende Hitze gnadenlos zu.

Ich nickte und zog mein Bein wieder zurück. Wie lange hatte ich auf dem Dach von diesem Guesthouse verbracht? Wie lange war ich weggewesen? Eine Viertelstunde? Eine halbe, eine Stunde vielleicht?

»What time is it?«, fragte ich.

John zuckte mit den Schultern und streckte zum Beweis einen uhrlosen Arm in die Luft.

»And what the fuck is happening?«

Wieder zuckte John mit den Schultern. »Water«, sagte er kopfschüttelnd. »Fucking everywhere. The sea has gone mad.«

Ich fragte, wo er geschlafen hatte.

»Where did *you* sleep?«, warf John den Ball zurück.

»In our room.«

»Alone?«

Ich nickte. »Of course.«

Am Abend zuvor, nach dem grandiosen Abenteuer im Wasser, war mir im Rausch des Augenblicks etwas ganz anderes in den Sinn gekommen. Während Elin und ich uns im Sand trocknen ließen, auf meinem Sarong, der als Badehandtuch diente, hatte ich mit dem Übermut eines Betrunkenen vorgeschlagen, die Nacht am Strand zu verbringen. Wir hatten die Hälfte unserer Kleidung wieder angezogen, saßen nass und eng aneinandergelehnt da und blickten mit dem Mond als unserer Lampe auf das da noch nicht verrückt gewordene Meer.

»What do you mean?«, hatte Elin gefragt.

»Let's sleep here.« Eine ausholende, einladende Armbewegung. »Here on the beach, right by the water.«

Elin hatte gelacht und genickt. »Sounds perfect to me.«

Dennoch war ich am nächsten Morgen allein in diesem zusammen mit John gemieteten Zimmer des Guesthouses aufgewacht.

John kratzte sich mit einer Hand an seinen karierten Boxershorts. »So why didn't you open the door then?«

»I'm sorry?«

»You had the key, my friend.«

Ach ja, richtig.

»I knocked until I almost broke my hand«, sagte John. »And when you didn't answer, I thought you were probably getting a private Swedish lesson behind that door.«

Nein, nach meinem romantischen Vorschlag, am Strand zu übernachten, war alles ganz anders gelaufen. Gerade als Elin und ich vereinbart hatten, nicht mehr fortzugehen, kamen Andrew, John und Isabelle anmarschiert, gefolgt von einem Trupp beach boys etwa zehn Meter hinter ihnen.

Ich war zu betrunken, um noch alles mitzubekommen, kapierte aber sofort, dass Streit in der Luft lag. Es ging um irgendeine Kamera. Andrew hatte das Ding – zweifellos benebelt vom Alkohol – irgendwo auf dem Tisch eines Restaurants liegen lassen, und als der Apparat plötzlich verschwunden war, hatte er die beach boys des Diebstahls bezichtigt.

Die beach boys ihrerseits bezichtigten einen weißen Gast aus dem Restaurant als den Täter, aber das wollte Andrew irgendwie nicht glauben. Dann drohten die beach boys mit einer Schlägerei und Andrew, John und Isabelle hatten die Flucht ergriffen.

Direkt vor unserer Nase waren alle stehen geblieben. Einer der beach boys ballte die Faust und trat einen Schritt vor.

»Keep it cool«, hörte ich mich sagen. »Relax, man. There is no reason to fight.«

Ich schlug vor zu gehen. Andrew weigerte sich zunächst, aber die Atmosphäre war äußerst angespannt, und schnell wurde klar, dass es eher Schläge geben als dass die Kamera wieder auftauchen würde. Die beach boys ließen uns Gott sei Dank gehen. Isabelle hatte indessen ordentlich Angst bekommen und Elin schlug vor, mit ihr zusammen zu ihrem Guesthouse zu gehen. Ich war längst einverstanden, die Magie von kurz zuvor war ohnehin verschwunden. Wir beschlossen, den Strand zu verlassen und alle in unser eigenes Bett zu gehen.

Swedish lessons? John dachte, Elin wäre, nachdem sie Isabelle abgeliefert hatte, vielleicht noch zu mir gekommen. Er konnte natürlich nicht wissen, was vorher schon im Meer geschehen war. Ich erzählte John immer alles, aber da auf dem Dach verspürte ich irgendwie nicht das Bedürfnis, das mit ihm zu teilen.

Offenbar hatte ich John nachts nicht vor der Tür stehen hören. Das musste der Alkohol gewesen sein. Er erzählte, dass er nach dem Zwischenfall mit der Kamera noch irgendwo etwas mit Andrew getrunken hatte. Auch Johns Vorurteile ihm gegenüber hatten sich im Lauf des Tages allmählich gelegt, und als sie am Abend beide von demselben Mädchen abgewiesen wurden, wirkte das offenbar verbrüdernd. Nachdem man Andrew und John mitten in einer tiefschürfenden philosophischen Betrachtung aus der Bar von Andrews Hotel geworfen hatte, war John zum Guesthouse geschwankt. Und nachdem ich dort offenbar durch sein Türgehämmer hindurch weitergeschlafen hatte, hatte er beschlossen, seinen Rausch halt auf einem Sofa unten in der Halle auszuschlafen.

»I'm sorry«, sagte ich.

»It doesn't really matter«, sagte John. »We're both here now, that's what counts.«

Ich habe in den zurückliegenden Jahren so oft darüber nachgedacht. Was, wenn der betrunkene Andrew keinen Streit gesucht hätte? Was, wenn er weniger gesoffen hätte? Wenn er den Dieb auf frischer Tat ertappt hätte? Oder seinen Fotoapparat einfach bei sich behalten? Ohne die verschwundene Kamera kein Streit mit den beach boys, ohne den Streit keine Flucht vom Strand, aber auch ohne diese Flucht immer noch die alles zermalmende Katastrophe. Weniger als zehn Meter von der Küstenlinie entfernt wären Elin und ich, kurz bevor das Wasser den Rest der Welt erreichen sollte, in unseren Träumen vom Meer überfallen worden.

Manchmal stelle ich mir diese Nacht vor, schlafend am Strand, in inniger Umarmung mit einem Engel. Ich stelle mir das Meer vor, das uns mit einem allerersten Schwall verschlungen hätte. Das Leben besteht aus lauter Zufällen. Sofern es Zufälle sind jedenfalls; das weiß ich immer noch nicht.

Ich betrachtete den Stuhl, auf dem mein Sarong zerknittert und zusammengeballt die Sonne einfing. Mein T-Shirt hing noch genau so über der Lehne, wie ich es am Abend zuvor in betrunkenem Zustand vom Bett aus darübergeworfen hatte. Was in aller Welt war in mich gefahren, dass ich mir diesen Stuhl auf den Kopf gesetzt hatte? Ich ging hin, nahm den Sarong von der Sitzfläche und legte ihn mir wie einen Schal über die verbrannten Schultern. Ich nahm das Shirt. »Here«, sagte ich, während ich es John zuwarf. »Put it on. The sun is killing you.«

Er fing das Shirt, hob den Kopf und sagte mit seinem britischen Akzent: »Why does it have to be so bloody damn hot today?«

Es war ein Satz, der von allen Personen auf der Welt einzig John Fletcher in einem solchen Moment einfallen konnte und der mich unwillkürlich lachen ließ. Sofort schämte ich mich ob meiner unangemessenen Fröhlichkeit, aber auch John grinste. Dann zog er sich das Shirt über den Kopf. »Did you know it's Boxing Day?«

Ich nickte. Zweiter Weihnachtstag in der britischen Welt, ich hatte keine Ahnung mehr, warum es so hieß.

»It's a day of celebration«, sagte John.

»Well then«, antwortete ich. »Happy Boxing Day.«

Wieder grinste John. Sein Humor war noch intakt.

Ein Mordversuch

Das Spiel ruht, es steht immer noch 0:0. In Zeitlupe zeigt die Regie noch einmal, wie Nigel de Jong mit einem gut gezielten Karatetritt Xabi Alonso die Noppen seines rechten Fußballschuhs in die Brust rammt. Ich kann mich nicht erinnern, wann ich zum letzten Mal ein so dreckiges Foul gesehen habe. Howard Webb jedoch hält eine gelbe Karte als Strafe für ausreichend.

Die letzten fünfundzwanzig Minuten wurde mein Laptop mehr als zehn Mal aufgeklappt. Immer loggte Yao sich ganz kurz auf Facebook ein und klappte den Bildschirm sofort wieder zu, wenn sich natürlich immer noch nichts getan hatte. Nein, Unsinn, *ich* machte das.

Nachdem wir Freunde sind, könnte ich mir Elins Profil anschauen – genauestens durchgehen –, doch die Angst, auf etwas zu stoßen, das ich lieber nicht wissen will, ist zu groß.

Xabi Alonso läuft mit der Hand auf seiner malträtierten Brust vom Platz. Fast hätte man ihn umgebracht, aber den Regeln zufolge muss er, nachdem seine Verletzung behandelt wurde, dennoch kurz außerhalb des Spielfelds bleiben. Der Ball rollt währenddessen wieder.

Ich nehme den Laptop. Aufklappen, einloggen, checken, schließen.

Im Fernsehen erscheint unten im Bild ein Balken mit der Nachricht, dass Spanien bisher gut zehn Prozent länger im Ballbesitz war als die Niederlande. Besagt noch nichts, rede ich mir ein.

Aufklappen, einloggen, checken, schließen.

Ich weiß längst, dass es zu einer Zwangsneurose geworden ist, aber diese Selbsterkenntnis macht die Sache um kein Haar besser.

Aufklappen, einloggen, checken, schließen.

Schluss jetzt!

Ich vereinbare mit mir selbst, dass ich den Laptop ab jetzt nur noch aufklappen darf, wenn die Spielzeit oben links im Fernsehbild durch fünf teilbar ist. Nach einer halben Stunde Spielzeit darf ich wieder, als Nächstes nach fünfunddreißig Minuten, dann wieder nach vierzig und zuletzt nach fünfundvierzig. Danach ist endlich Halbzeit.

And where the hell are the other guests?

»*Es ist eine Katastrophe!*«, klang es aus einer Ecke. »*Ich habe meinen Reisepass verloren!*« Eine dicke Frau saß wie eine in sich zusammengesunkene Quarktasche an den Dachrand gelehnt da. Ich bemerkte sie erst jetzt.

»That crazy German woman«, murmelte John und schüttelte den Kopf. »I already told you«, sagte er zu der Frau. »There's no need to worry about your passport. They'll give you a new one, no problem.«

Die Frau trug eine kurze Hose. Zu kurz, würde ich sagen, aber sie selbst fand das bestimmt bequem. Über der Hose war ihr Bauch wie ein Rollbraten unter ein Hemd gepresst. Ihre lächerlich großen Brüste wurden von einem ebenso lächerlich großen BH notdürftig unterstützt. Unter der Hose waren weiße Sportsocken in braunen Klettverschluss-Sandalen zu sehen.

Sie weinte, die Frau. Ich sah es und hörte es auch. Sie schluchzte laut, jammerte beinahe. »*Eine Katastrophe!*«, rief sie wieder.

John machte eine wegwerfende Geste in Richtung der weinenden Quarktasche. »She flipped out«, sagte er zu mir. »I met her on the stairs, when I was running to the roof.«

Beim Hinaufrennen aufs Dach war John mit ihr zusammengeprallt, denn erstaunlicherweise bewegte sie sich in die entgegengesetzte Richtung. »Come with me«, hatte John ihr ziemlich gebieterisch vorgeschlagen, aber the crazy German woman hatte immer nur gerufen: »My passport! My passport!«

No fucking way, dachte John, und nachdem er vernommen hatte, dass sie allein reiste und demnach nicht auf noch andere Leute wartete, hatte er sie ohne weitere Diskussion gepackt und mit aufs Dach gezerrt.

»You saved her life«, sagte ich.

»I believe I bloody did.«

Wir schwiegen beide. Ich hörte das Schluchzen der Frau und das Schwappen des Wassers, leise und bedächtig. Kleine Wellen schubsten schelmisch gegen die Dachkante, als ob sie sagen wollten: »Wir waren ein Weilchen böse, aber jetzt nicht mehr. Los, springt doch einfach rein. Spielt mit uns.«

War das das Wasser, vor dem wir kurz vorher noch geflohen waren? Waren es dieselben Tropfen, die vorhin noch zusammen diesen wilden Strom gebildet hatten?

Diese Menschen dort unten gehen jetzt allesamt drauf.

Ich hörte die Stimme und dann hörte ich auch wieder die Schreie. Das Brüllen und Kreischen und Gellen. Es war nicht da, trotzdem hörte ich es. Aber irgendwie überfiel es mich nicht mehr. Es drang schlichtweg nicht mehr in mich hinein, der erste Schock hatte schon dem tief verwurzelten Überlebensdrang Platz gemacht.

In so entscheidenden Momenten tritt bei vielen Menschen eine bestimmte Eigenschaft in den Vordergrund, davon bin ich überzeugt. Angst, Durchhaltewillen, Panik, Ergebung. Es ist die Eigenschaft, auf die man im täglichen Leben am liebsten zurückgreift, der man am meisten vertraut. Und bei mir war es die reine Ratio. Ich konnte einfach nur meinen Verstand gebrauchen und danach handeln.

»We need to go land inward«, sagte John.

Wir mussten weg, runter vom Dach. Das Wasser hielt sich ruhig, aber wir wussten natürlich nicht, für wie lange.

»What about the Swedish girls?«, fragte ich.

»They'll be there.« John war sich sicher. Ihr Guesthouse lag weiter weg vom Strand, also erschien es ihm logisch, dass sie sich eher als wir in Sicherheit gebracht hatten.

Trotz Johns beruhigend gemeinter Worte machte ich mir Sorgen, und wenn ich ehrlich bin, hauptsächlich um meinen Engel Elin. Mein Kopf war voll mit unserem Abenteuer im Meer. Und mit Schmerz, das auch. Zum ersten Mal an diesem Tag spürte ich die Kopfschmerzen, den Alkohol der letzten Nacht. Wie viele Cocktails hatte ich in mich reingekippt? Ich wusste es nicht mehr. Das heißt, es waren viele.

Mit den Kopfschmerzen kam der Durst, der alles beherrschende Nachdurst. »I'm unbelievably thirsty«, sagte ich zu John.

»Me too«, antwortete er. »I'm parched. Let's get the hell out of here.« John half der deutschen Quarktasche auf. Sie wollte nicht, aber sie musste. Es ging nicht, dass sie demnächst doch noch absoff, fand John. *A waste of effort*.

»Let's go«, sagte ich.

Die Frau jammerte immer noch und stammelte unverständliche deutsche Worte. Ich dachte an mein Abi, an die Deklinationen. Männlich: *der, des, dem, den*. Weiblich: *die, der, der, die*. Sächlich: *das, des, dem, das*. Plural: *die, der, den, die*. Es saß noch.

Ich stand schon auf dem Absatz. John auch. Die Frau trödelte wie ein kleines Kind, das schlecht vorbereitet in eine Musikstunde soll.

»Hurry up«, sagte John.

Aber die Frau hatte es sich überlegt und setzte sich wieder. »*Ich bleibe hier*«, sagte sie.

»That's a very bad idea«, antwortete ich.

Die Frau schaltete um auf Englisch. Eine Art Englisch. »Why?«, fragte sie. »I will meinen passport. Then I can go.«

»Bloody hell«, sagte John, schüttelte den Kopf und schaute mich an. »Forget it.«

John hatte recht. Die crazy German woman benahm sich fürchterlich nervig. Offenbar begriff sie den Ernst der Lage überhaupt nicht und mit ihrem unausstehlichen Verhalten hielt sie uns gehörig auf. Vielleicht sollten wir sie tatsächlich besser zurücklassen? Noch bevor ich mir diese Möglichkeit wirklich vergegenwärtigt hatte, wusste ich schon, dass das keine Option war.

Ich kletterte zurück aufs Dach und ging zu der Frau. Ich beugte mich zu ihr. »What's your name?«

»Gitta«, antwortete sie. »Gitta Müller-Finke.«

»Okay«, sagte ich. »Gitta. My name is Pieter and you have to listen to me. It's very dangerous here. Do you understand? We're way too near to the sea, so we have to go up the hill, further away from the beach.«

»Aber my passport …«, muckte Gitta.

»Not now«, antwortete ich. »We'll come back later and search for it. I promise you.«

Gitta nickte vorsichtig. Sie schien es endlich zu begreifen, Gott sei Dank. Ich half ihr wieder hoch. Ihr Gewicht war gigantisch. Sie lächelte mich an, während sie sich am Dachrand festhielt.

»Let's go«, sagte ich so freundlich wie möglich.

Gitta lächelte immer noch. Eine komische Person. Sie stand aufrecht da.

»Ready?«, rief John.

Ich war längst so weit, aber Gitta trödelte immer noch. Fast bekam ich Lust, sie zu schlagen: Sie wollte es echt nicht begreifen!

Dann schaute Gitta über den Rand. Nicht, wo John stand, bei dem Absatz, sondern auf der anderen Seite, zur Straße hin. Dort, wo das Wasser alles erfasst hatte. Sie fing an, laut und hoch zu schreien.

»*Nein!*«, rief sie. »*Da treibt ein Mann!*«

Gitta schrie wie am Spieß, ein Spanferkel auf Klettverschluss-Sandalen. Sie geriet in Atemnot. Sie fasste sich an den Kopf, ans Herz, an den Hals und wieder an den Kopf. »Oh my *Gott*!«, brüllte sie mit einem schweren deutschen Akzent. »Oh my *Gott*!« Sie begann zu würgen. Oder nein, sie erbrach sich.

Ich tat, was John vorher getan hatte. Ohne auf das zu schauen, was sie da hatte vorübertreiben sehen, fasste ich Gitta und zog sie vom Dachrand weg. Sie erbrach sich noch immer. Es landete auf meinem Sarong, es war ekelhaft.

»Go!«, sagte ich.

Gitta war wie gelähmt, aber John stand plötzlich neben uns und versetzte ihr einen Schlag ins Gesicht. Wirklich, er tat es, und sie bewegte sich wieder. Ich denke, in diesem Moment haben die beiden unsichtbaren Hände die crazy German woman übernommen.

»Go!«, wiederholte John streng.

Gitta schlurfte schweigend mit uns mit zur anderen Seite. Wir halfen ihr auf den Absatz, wir halfen ihr die Treppe hinab Richtung erste Etage. Sie folgte uns wie unter Hypnose. Irgendwo unterwegs rutschte mir der stinkende Sarong von den Schultern. Ich ließ das Ding liegen.

Wir gingen weiter hinunter zum Erdgeschoss, wo auch unser Schlafzimmer war. Das Wasser schien sich langsam zurückgezogen zu haben, aber die Verheerungen, die es hinterlassen hatte, boten einen absurden Anblick. Es war, als wäre auf jedem Quadratmillimeter eine Bombe explodiert. Das Wasser reichte mir immer noch fast bis ans Kinn und es gluckerte, schlug und klatschte gruselig laut gegen die Wände.

»Hurry!«, rief John. »It's coming back!«

Wohin gingen wir? Auf der Vorderseite des Guesthouses hatte das Meer den Strand verschlungen, dahin durften wir eindeutig nicht.

»There's a backdoor«, sagte ich.

Wir wateten zum Hinterausgang, mit meinen bloßen Füßen suchte ich Halt auf dem unsichtbaren Boden. Um uns her trieben tausend Dinge: Papiere, Möbel, Kleidung. Es kam mir vor, als ob das Wasser wieder anstieg, obwohl ich nicht sicher wusste, ob das eigentlich möglich war.

Nicht daran denken, dachte ich, einfach weitergehen!

Gitta folgte uns schwer keuchend, aber gehorsam. Ich vermutete, dass sie nicht stehen konnte; wie ein Hund hielt sie den Mund über der Wasseroberfläche. Während ich mich weiterkämpfte, sagte ich in Gedanken eine Präpositionsreihe auf.

Vierter Fall nach: *durch, für, ohne, um, bis* und *gegen*. Blöde Sprache, blöde Prüfung auch. Ich hatte mit Mühe eine Drei bekommen.

Ja, das Wasser wurde wilder, ich war mir fast sicher. Oder war es nur deshalb, weil wir uns mittendrin bewegten?

Weitergehen!

Unter meinen Füßen fühlte sich der Boden wie weiche Kacke mit harten Bröckchen an. Zum ersten Mal in meinem Leben hätte ich mir gewünscht, Klettverschluss-Sandalen zu tragen.

Wir standen bei der Hintertür oder dem, was davon noch übrig war. Davor lag eine Barrikade aus zersplittertem Holz und undefinierbaren Trümmerteilen.

»We can't get out«, stellte John nüchtern fest.

Ich schaute zu Gitta. Die hielt sich gut an einem einzelnen Brett fest, das aus der Wand ragte. Offenbar konnte sie hier stehen. Gitta machte keinen Mucks, sondern starrte nur apathisch auf den versperrten Ausgang. Sie glich einer Spielzeugpuppe mit leeren Batterien, der Weg durch das Wasser hatte sie ihre gesamte Energie gekostet. Ich war froh, dass ihre Akkus leer waren.

»Now what?«, fragte John.

Ich schüttelte den Kopf, denn ich wusste es im Augenblick echt auch nicht. Die beiden Fenster neben der Tür waren zu klein, um irgendwen hindurchzulassen.

»And where the hell are the other guests?«

John hatte recht; der Gedanke war mir auch schon gekommen. Das Guesthouse war alles andere als groß und es war längst noch keine Hochsaison, aber bestimmt wohnten hier auch noch andere Leute. Warum sahen wir denn niemanden? Wo war beispielsweise der Besitzer? Warum hatten nicht alle mit uns auf dem Dach gestanden?

»Maybe they're already somewhere safe«, sagte ich.

»Perhaps«, sagte John.

»You think we should search for them?«

»Perhaps.«

Gittas Batterien waren plötzlich wieder aufgeladen. Ihre Augen wurden groß und sie begann heftig den Kopf zu schütteln. »*Nein, nein, nein*«, flüsterte sie vor sich hin. »*Ich will jetzt gehen.*« An ihrem *Reisepass* war sie offenbar nicht mehr interessiert.

John tat so, als hörte er Gitta nicht, und schaute zu dem Ausgang, der keiner mehr war. »You're a sportsman, Pete«, sagte er. »And behind that wall of rubbish is probably much less water.«

John fand, ich sollte wieder nach oben. Dort, auf der Rückseite, gab es einen großen Balkon, von dem aus ich dann nach unten klettern konnte. Auf der anderen Seite der Barrikade stand das Wasser niedriger, also ließen sich die Trümmer dort bestimmt beiseiteschieben.

»I'll go and look for the other guests«, sagte John.

Wir machten es, wie er gesagt hatte. Ich begab mich wieder zur Treppe. Gitta blieb unter murmelndem Protest stehen; sie begriff, dass sie keine Wahl hatte.

Nach kurzer Zeit stand ich wieder oben. Der Balkon war kein Balkon mehr. Es waren Holzteile, die den Eindruck erweckten, am Haus zu hängen. Ich war mir nicht sicher, ob sie mich tragen würden. Ich stellte mich darauf. Es knarrte. Ich fiel nicht. Das hieß, sie trugen mich.

Ich schaute nach unten. Sollte ich da hinunterklettern? Es war ein Sprung von weniger als fünf Metern, schätzte ich, weniger als vom hohen Sprungbrett im Schwimmbad. Aber das Wasser sah weniger tief aus als drinnen im Guesthouse und dazu hatte ich keine Ahnung, was sich unter der Oberfläche befand. Also doch lieber klettern.

Seitlich des vormaligen Balkons lief ein dicker Balken senkrecht nach unten. Ich dachte an die Schule, den Sportunterricht. Es gab da solche Taue, die man hinauf bis zur Decke und wieder hinunter klettern konnte. Dafür gab es eine bestimmte Technik. Eine, die ich nicht beherrschte.

Mit beiden Händen griff ich um den Balken, ein Splitter verschwand tief in meiner linken Handfläche. Der Schmerz schoss in mich hinein, aber das war jetzt unwichtig.

Ich klammerte meine nackten Beine um den Balken und ließ mich Zentimeter für Zentimeter abrutschen.

Bis auf einige Splitter in meinen Schenkeln und Füßen bereitete mir das Runterrutschen keine Probleme. Es ging ziemlich schnell, und ehe ich mich's versah, stand ich vor dem blockierten Hintereingang, wo das Wasser noch weniger tief war, als es von oben ausgesehen hatte. Ich war froh, nicht gesprungen zu sein.

»*Pieter? Bist du da?*«, klang es auf Deutsch aus dem Haus.

»*Ich bin hier*«, sagte ich unvermittelt. Es war mein erster deutscher Satz überhaupt, wurde mir klar. Ich meine, außerhalb der Schule, im echten Leben. Gitta beantwortete ihn sofort mit einem unverständlichen Schwall. Ich begann, die Barrikade wegzuräumen.

Ja, das echte Leben, so konnte man es wohl nennen. Das Dorf war überschwemmt und ganz sicher waren auch einige Menschen ertrunken. Das dachte ich damals. Trotzdem war ich nicht traurig, fertig oder niedergeschlagen. Es mag im Nachhinein verrückt klingen, aber in diesem Moment liebte ich das Meer. Das Wasser hatte mich mehr als je zuvor spüren lassen, dass ich lebte. Erst nackt in den Wellen und am nächsten Tag in einem spannenden Abenteuer. Ich weiß, das ergibt natürlich keinerlei Sinn, aber damals empfand ich das noch so.

Der Schutt war schwer, obwohl ich nach dem Gewicht von Gitta allem gewachsen war. Ich schwitzte wie am allerersten Tag auf der Insel. Als ich Monate zuvor in einem schwarzen, langärmeligen Polohemd, einer dunkelblauen Jeans und zwei braunen Van-Bommel-Wildlederschuhen um sechs Uhr früh aus dem Flugzeug gestiegen war, war mir die feuchte Hitze wie ein durchgeknallter Föhn auf den Leib geschlagen. Erst hatte ich noch gedacht, es käme von den Flugzeugmotoren, aber es war die Luft. Innerhalb einer Minute rann mir der Schweiß den Körper hinunter, und schon bevor ich das Gepäckband in dem zur Ankunftshalle aufgewerteten verrosteten, wellblechgedeckten Schuppen erreicht hatte, war ich durch und durch nass. Zieht nie eine Jeans an, wenn ihr in den Dschungel wollt.

Langsam wurde aus dem Loch der Hintertür wieder ein echtes Loch. Ich warf ein Holzbrett beiseite und sah zwei ängstliche deutsche Frauenaugen erscheinen. Ich zog die letzten Trümmerstücke beiseite. Fast wollte ich in Jubel ausbrechen, aber dann sah ich John dastehen und verstummte von selbst. Er schaute mich unbewegt an.

Und?, fragten meine Augen vorsichtig.

»No other guests.«

Ich nickte. Ich hatte verstanden.

John nickte auch. »Let's go«, sagte er.

Und das taten wir. John und Gitta stiegen durch das Türloch. Wir ließen das Guesthouse hinter uns.

Im Innenhof des Guesthouses konnten wir noch unseren Durst löschen. Ein alter Getränkeautomat war auf der Seite aufgeborsten und wir gestatteten uns, drei – oder nein: sechs – Flaschen Coca-Cola herauszunehmen. Nie hat mir das schwarze Zuckerwasser so irrsinnig gut geschmeckt wie damals. Es war wie der Zaubertrank eines Comic-Druiden, das Zeug schien mir im Handumdrehen Superkräfte zu verleihen. Plötzlich verstand ich, wie naheliegend Plünderungen und Diebstahl in Katastrophenfällen eigentlich sind. Immer wenn ein Orkan oder ein Erdbeben irgendwo auf der Welt eine Stadt in Trümmer legt, werden im Fernsehen Bilder von zügellosen, raubenden Bürgern gezeigt. Wie grotesk, denken dann alle, aber mit der gestohlenen Flasche an den ausgetrockneten Lippen kam es mir auf einmal nur noch logisch vor. Wir hatten die eiskalte Cola ohne allzu große Mühe aus dem kaputten Automaten holen können, aber wenn es nötig gewesen wäre, hätte ich ebenso leicht eine Scheibe dafür eingeschlagen.

Wir gingen fort von dem Guesthouse, fort vom Meer. An der *main road* angekommen, landeten John, Gitta und ich in einer hysterischen Menge. Das Wasser stand hier nicht mehr hoch, aber überall um uns herum gab es Pfützen und Dreck. Sehr viel Dreck. Unvorstellbar viel Dreck.

Zahllose überladene Tuktuks und Mopeds rasten wie ein Insektenstrom hinauf in den Dschungel. Auf den überfluteten Straßen riefen und schrien Menschen die Namen ihrer Verwandten und Geliebten. Das Meer hatte beschlossen, ohne Vorwarnung Versteck zu spielen, und während wir uns noch mittendrin befanden, war ein Großteil der unfreiwilligen Teilnehmer an dem Spiel noch gar nicht gefunden.

Gitta schien mittlerweile gut zu verstehen, dass es doch um etwas mehr ging als einen außer Kontrolle geratenen Wasserrohrbruch. »Oh my *Gott!*«, klang es fortwährend neben mir. »*Aber nein!* Oh my *Gott! Unglaublich!*«

Ich ärgerte mich über das plärrende, entsetzte deutsche Geschrei. Es war nicht der geeignete Moment für panisches Gejammer. Bei der Sache bleiben! Weitergehen! Erst zusehen, dass man trockene Füße bekam, danach durfte geheult werden über das ganze Elend. Währenddessen schaute ich fortwährend um mich, ob ich Elin irgendwo entdeckte.

Ein paar beach boys kamen auf uns zu. Es war niemand von dem Kamerastreit darunter, aber ich erkannte doch einige vom Tag zuvor am Strand. »Misters, Misters! This way!«

Wir folgten ihrem Rat und schlossen uns einer großen Menschengruppe an. Einer der beach boys berichtete, er hätte eine Stunde lang in einer Palme gesessen.

»And now what?«, fragte John.

Die Mönche, sagten sie. Einen knappen Kilometer landeinwärts lag ein Tempel, wohin ihnen zufolge alle aus dem Dorf flüchteten, die kein motorisiertes Fahrzeug besaßen oder dieses durch das Wasser verloren hatten. Dort sei es sicher.

»What about the girls?«, fragte ich.

»They'll be there«, sagte John wieder.

Wir schritten weiter tüchtig aus und Gitta reagierte nach wie vor erschüttert auf alles, was sie sah.

Dort hingen die Reste eines Boots in einem abgebrochenen Strommast.

»Das kann nicht wahr sein!«

Da lag eine kolossale Palme in enger Umarmung mit einem Wellblechdach.

»Unvorstellbar!«

Da stand ein verbeultes Auto kopfüber an eine Mauer geparkt.

»Das ist doch kaum zu glauben!«

Und da lag ein Mensch.

Nie zuvor hatte ich eine Leiche gesehen. Trotzdem wusste ich sofort, dass das eine war. Kein Zweifel möglich.

Es war eine Frau. Eine alte, kleine Einheimische. Sie lag am Straßenrand, eine starre, runzlige Hand um einen Pfahl geklammert. Ihre Augen waren offen, ihr Hals schien schief auf dem Rumpf zu sitzen. Sie sah wirklich mausetot aus.

»Let's go«, sagte John.

Wir gingen an der Toten vorbei und nahmen den Pfad nach oben. Gitta musste sich wieder erbrechen. John und ich warteten kurz und schlossen uns dann wieder der Gruppe an.

Ich hatte eine Leiche gesehen. Wir hatten eine Leiche gesehen. Und waren weitergegangen. Alle gingen weiter. Aber das Verrückte war, dass ich in diesem Moment auch nichts dabei empfand. Der Anblick dieser toten Frau machte mir nichts, ich nahm die Leiche einfach zur Kenntnis. Ich war ein Überlebenscomputer.

Ein weißes Touristenehepaar gesellte sich zu uns. Wahrscheinlich erkannten der Mann und die Frau Artgenossen in uns. Beide mühten sich, ihre gigantischen Rollkoffer über den Dschungelpfad zu ziehen, und begannen – während sie ihr Gepäck alle paar Meter über einen losen Stein oder Baumstumpf zogen – aufgeregt mit uns zu reden. Ihrem Akzent nach kamen sie aus dem Süden der USA.

»Texas«, sagte der Mann, der sich als Larry vorstellte.

»Houston«, ergänzte die Frau, die sich als Heather vorstellte.

Larry und Heather liefen weiter rollend, ziehend und plappernd neben uns her.

»A few years ago we had Allison«, erzählte Larry ungefragt. »It was a major disaster.«

Heather bestätigte das. Mit Allison meinten sie irgendeinen Tropensturm von 2001. Offenbar hatte halb Houston damals unter Wasser gestanden. Ich konnte mich nicht daran erinnern.

»A lot of damage«, sagte Larry.

»Over forty people died«, ergänzte Heather.

John schaute das Ehepaar leicht mitleidig an. »That's a pity«, sagte er.

Sie schwiegen eine Weile.

»You're from England?«, fragte Heather dann.

John zeigte hinter uns. »From the beach«, sagte er.

Ein Rad von Larrys Koffer brach ab. Er versuchte das Ding daraufhin zu tragen, aber sein dicker Bauch und seine kurzen Beine waren dabei keine große Hilfe. Der Schweiß tropfte gleich literweise von Larrys knallrotem Tomatengesicht. Heather schaute ihren Ehemann währenddessen an, als wäre er nicht nur für den kaputten Koffer und seinen Altmännerkörper, sondern auch für das verrückt gewordene Meer persönlich verantwortlich.

Ich übernahm den Koffer von Larry.

»God bless you«, stieß er ächzend hervor.

»We'll see«, sagte John.

Nach einer Weile hörten wir Stimmen; sie kamen vom Tempel. Es war nur noch ein kleines Stück.

»The girls will be there«, sagte John wieder mal. »Undoubtedly. And Andrew too.«

Je öfter er es behauptete, desto mehr Sorgen machte ich mir. Ich setzte Larrys Koffer ab. Wir waren beim Tempel. Da stand ein Mönch, der uns angewidert betrachtete. »No access«, sagte er, während er mit einem langen Stock auf mich zeigte.

»I beg your pardon?« John schaute den Mönch fragend an.

»No shirt, no access«, sagte der Mönch.

Ich stand in lediglich meiner Unterhose vor einem Tempel. Natürlich gehörte sich das nicht, das verstand ich auch, aber das hier war doch deutlich höhere Gewalt.

»We lost our clothes«, sagte ich. »In the water.«

Der Mönch schüttelte den Kopf. »No shirt, no access«, wiederholte er. »It's not properly dressed.«

Ich hörte ein deutsches Gemurmel hinter mir. »*Unglaublich*«, klang es zum soundsovielten Mal. Ich drehte mich um: Gitta schaute kopfschüttelnd zu dem Mönch, während sie sich ihr Hemd vom Bauch pellte. Diese komische Person trug offenbar noch ein zweites darunter. »Take it«, sagte sie zu mir.

Ich nahm das Hemd entgegen. »Danke.«

Schweigend schaute der Mönch zu, wie ich mir das nasse, schmutzige und viel zu große Kleidungsstück über den Kopf zog. Danach durften wir weiter.

Innerhalb der Tempelmauern herrschte Hochbetrieb. Überall saßen und gingen Menschen, hauptsächlich Frauen und Kinder. So gut wie volles Haus, Buddha konnte zufrieden sein.

Gitta setzte sich auf ein freies Eckchen, sie musste ihre Batterien wieder aufladen. John und ich gingen weiter, betrachteten die zusammengeströmte Menge.

Ich dachte an Elin und an den Film *Titanic*. Am Ende, nachdem der für unsinkbar gehaltene Riese auf den Grund des Ozeans gesunken ist, sitzt Kate Winslet inmitten von Dutzenden Überlebenden auf einem anderen Schiff. Der für sie vorgesehene Mann sucht das Deck nach seiner zukünftigen Frau ab. Kate will ihn nicht und macht sich unsichtbar. Ich bat feurig, dass Elin mich noch wollte und dass sie aufspringen und mir in die Arme fallen würde.

»Pete!«

Es war unglaublich. Gott oder wer auch immer hatte meine Gebete erhört, denn aus dem Menschenmeer erhob sich ein Mädchen.

John und ich rannten zu ihr. »Where is Isabelle?«, riefen wir fast im Chor.

Elin begann zu weinen oder vielleicht hatte sie davor schon geweint. Ihre Engeltränen vermischten sich mit ihren Engelsommersprossen.

»Where is Isabelle?«, fragte John wieder.

»I don't know.« Sie wischte sich über die Wange, die ohne Grübchen. Was sie sagte, erschreckte mich. Die tiefe Erleichterung, die ich empfunden hatte, als sie aus der Menge aufgestanden war, wich einem unheilverkündenden Gefühl in meinem Bauch. Wieso wusste sie es nicht? An so einem Tag blieb man doch zusammen! Ich schaute zu John, aber sein Gesicht blieb ausdruckslos. Er fragte Elin, wann sie Isabelle das letzte Mal gesehen hatte.

»In our room.« Genau das sagte sie.

»And?«, fragte John.

Sie schüttelte ihren schönen Kopf.

Sie und Isabelle hätten auf dem Bett gelegen, erzählte Elin. Dann hätten sie Geräusche gehört. »Isabelle said she would go check it out«, sagte sie.

»And?«, fragte John.

»She did.« Elin atmete schwer, gehetzt. Es wurde immer unkontrollierter und währenddessen strömten die Tränen wie eine unaufhörliche Welle aus ihr heraus.

»Take it easy«, hörte ich mich sagen, während ich sie ungeschickt umarmte. Ich wusste nicht recht, wie ich mich Elin gegenüber verhalten sollte. Die Wirkung des Alkohols, der alles am Abend zuvor ein klein wenig einfacher gemacht hatte, war ganz eindeutig verflogen.

Elin weinte immer lauter. Sie weinte, keuchte und versuchte gleichzeitig zu sprechen. Drei Dinge, die offenbar kaum zusammengingen.

»Isabelle walked to the door«, stieß sie hervor. »The door to the hallway. First she only held her ear to the door …«

Mein Herz unter dem nassen deutschen Hemd wurde fast ebenso wild wie Elins Stimme.

»Then she opened the door«, fuhr sie weinend fort. »And that was the last time I saw her.«

»I'll go back«, sagte John. So entschieden musste er geklungen haben, als er Gitta am Morgen mit aufs Dach kriegen wollte.

Ich strich ungeschickt über Elins sich auf und ab bewegenden Rücken. Ich schaute John an und schüttelte den Kopf.

»Yes, I will«, sagte er.

Ich streichelte Elin über ihr blondes Haar, küsste sie sanft auf den Scheitel. Vielleicht sah es etwas eigenartig aus, aber ich hatte kaum einen Schimmer davon, wie man jemanden tröstet. »Be smart«, sagte ich zu John.

»Going back is the smartest thing I can do«, antwortete er.

Wieder schüttelte ich den Kopf. Und nickte gleich hinterher. Ich küsste Elin nochmals auf ihr Haar und sagte: »Then I'll go with you.«

HALBZEIT

Ein Chat

Howard Webb bläst auf seiner Pfeife. Die erste Hälfte ist vorbei, es ist noch kein Tor gefallen. Ist auch nur logisch, denn die niederländischen und spanischen Spieler haben sich eine Dreiviertelstunde lang mehr mit ihren gegenseitigen Gliedmaßen als mit dem Ball beschäftigt.

Ich klappe meinen Laptop, der schon zwei Minuten hintereinander geschlossen war, wieder mal auf und logge mich zum tausendsten Mal bei Facebook ein. Es ist immer noch nichts geschehen, die ganze Welt sitzt natürlich da und schaut Fußball.

Ich stelle den Laptop neben mich auf die Couch, gehe in die Küche und hole mir ein neues Bier aus dem Kühlschrank. Zwei Striche, einen noch für die Dose. Aus dem Zimmer kommt ein bekannter Ton.

Ich weiß nicht genau, warum ich meinen Laptop diesmal nicht sofort wieder zugeklappt habe, aber ich bin immer noch auf Facebook und jetzt war da ein Ton. Und der kam aus dem Laptop. Ich renne ins Wohnzimmer zurück und schaue auf den Bildschirm. Ein Fensterchen unten rechts im Bild hat sich wie eine Blüte geöffnet. Jemand spricht mit mir, auf Facebook.

Elin
hej?

Elin Andersson, hinter ihrem Namen steht ein dicker grüner Punkt. Wir sind noch keine Stunde lang befreundet, ich bin noch keine Minute hintereinander online. Wieder dieser Chatton und sofort danach noch einmal.

Elin
hej?
pieter?
are you there?

Ja, natürlich bin ich da. Ich sitze mit einem blutverschmierten Yao-Shirt auf der Couch vor dem Fernseher in der Halbzeit des Spiels Niederlande-Spanien. Auf meinem Schoß ein Laptop, den ich nur deshalb aufgeklappt habe, um zu sehen, ob meine allerneueste Facebook-Freundschaft mir wider jedes Erwarten eine Nachricht geschickt hat. Es erschien sinnlos, aber das war es offenbar nicht.

Pieter
Hej hej.

Ich habe geantwortet, ich habe es getan. Jetzt gibt es keinen Weg mehr zurück. Und ja, sofort wieder dieser Ton.

Elin
hej hej! you're there!!! do you still remember me?
Pieter
Of course I do … How are you, angel from the sea?

Puh, wie pathetisch. Wieso denke ich denn nicht eine Sekunde nach, bevor ich etwas eintippe? *Angel from the sea!* Geht es noch trauriger? Ich bin kurz versucht, meinen ohnehin schon ramponierten Schädel gegen die Wand zu hauen, aber da ist Elin wieder.

Elin
mir geht es gut

Ha, habe ich ihr das beigebracht oder hat sie Google Translate geöffnet?

Pieter
Wow, your Dutch is excellent. I'm impressed.
Elin
ein glük. das habe ich gehofft

Sie reagiert erstaunlich schnell für jemand, der jeden Satz einzeln durch ein Übersetzungsprogramm schickt. Ich muss an den Film *Love Actually* denken. Ein britischer Mann verliebt sich in eine portugiesische Frau, aber durch die Sprachbarriere ist er nie imstande, mit ihr zu kommunizieren. Nach ihrem unvermeidlichen Abschied belegt er einen Sprachkurs, reist zu ihr und bittet sie in gebrochenem Portugiesisch um ihre Hand. Auch sie hat in der Zwischenzeit einen Sprachkurs besucht und gibt ihm in ebenso gebrochenem Englisch ihr Jawort. Der Gipfel der Romantik.

Pieter
Are you kidding me?
Elin
nein, ich kann niederländisch ein bisschen

Ihre Reaktionsfähigkeit bleibt verblüffend, also beschließe ich, als zusätzlichen Check jetzt auch auf Niederländisch zu antworten.

Pieter
Wie meinst du das?
Elin
ich habe es gelernt, die sprache
Pieter
Im Ernst???

Elin
ja, echt. Ich kann es sprechen und lesen ein bisschen. das ist doch das richtige wort, ein bisschen? oder vielleicht mehr als bisschen. es geht ziemlich gut

Ich bin erstaunt, äußerst erstaunt. In einem Film ist das witzig und auch romantisch, aber in Wirklichkeit passieren solche Sachen nicht. Hat sie wirklich Niederländisch gelernt?

Pieter
Warum?!
Elin
warum was?
Pieter
Warum kannst du Niederländisch?

Elin schreibt …, steht da und ich fantasiere, was in wenigen Sekunden auf dem Bildschirm erscheinen wird. »Weil ich all die Jahre an dich gedacht habe, Pieter. Dich geliebt habe, immer nur dich. Ich will den Rest meines Lebens bei dir sein, mit dir sein, zusammen sein.«

Ich kann kein Schwedisch – nicht mehr als die paar Brocken, die Elin und Isabelle mir vor Jahren beigebracht haben –, aber wenn sie mich jetzt online um meine Hand bittet, bin ich wahrscheinlich imstande, Ja zu sagen. Auch wenn es völliger Bullshit ist.

Elin
es schien mir eine interesante (so heißt das doch, ja?) sprache. verstehst du?

Nicht die Bohne verstehe ich.

Pieter
Ich verstehe.
Elin
ein glük
wie geht es dir?
Pieter
Ich schaue gerade Fußball …

Das ist überhaupt keine Antwort auf ihre Frage und sofort bereue ich, dass es so dasteht.

Elin
ja! finale heute! mit niederlande!
Pieter
Klar doch.
Elin
wie steht es jetzt?
Pieter
Es ist Halbzeit, immer noch 0:0. Aber du fragtest, wie es mir geht …
Gut, ja. Und dir? Verrückt, auf Niederländisch chatten zu können!
Elin
ist es spannend?
oh, schön zu hören. ja, verrückt, das verstehe ich. mir geht es auch gut, das sagte ich schon. bist du vielleicht in amsterdam?
Pieter
Geht so. Endspiele sind sowieso spannend, besonders wenn die niederländische Elf mit dabei ist. Das Spiel ist eigentlich nicht so schön, viele Fouls und gelbe Karten. Vielleicht wird die zweite Hälfte ja besser.
In Amsterdam?
Elin
ja, bist du da?

Es dauert einige Sekunden, bis ich kapiere, woher Elin weiß, dass ich in Amsterdam wohne. Facebook verrät natürlich alles. Besonders, wenn man miteinander befreundet ist.

Pieter
Ja, stimmt. Ich bin zu Hause, allein.

Es sieht ein bisschen merkwürdig aus, dieses »allein«. Als ob ich Elin beruhigen und sie wissen lassen will, dass nach all den Jahren keine Freundin im Spiel ist, während das wahrscheinlich eher kläglich als cool rüberkommt.

Pieter
Meine Mitbewohner gucken alle irgendwo Fußball.
Elin
ich verstehe
wo wohnst du?
Pieter
Wie meinst du das?
Elin
entschuldigung. wirkt ein bisschen seltsam, die Frage, denke ich. aber ich meine, welche gegend

Elins Erläuterung macht es nicht weniger seltsam. Warum will sie wissen, in welchem Stadtteil ich wohne?

Pieter
West. Im Westen der Stadt. De Baarsjes heißt das Viertel.
Elin
ist das nah am vondelpark?
Pieter
Wieso?

Es bleibt eine Weile leer im Chatfenster. Ich warte, schaue hoch über den einen zu dem anderen Bildschirm. Eine Hubschrauberaufnahme zeigt ein beeindruckendes Bild des vollen und prächtig erleuchteten Stadions in Johannesburg. Die Regie schaltet um zu Tom Egbers, der mit Louis van Gaal und Youri Mulder bereitsitzt, um aus einem kleinen Studio im Stadion die erste Spielhälfte zu analysieren.

Elin
pieter?
Pieter
Elin?
Elin
ich habe eine frage für dich …
Pieter
Ja?
Elin
willst du mich sehen?
Pieter
Wie meinst du das?

Ganz langsam wächst in mir die Vermutung, dass Elin mich in den zurückliegenden Jahren auch nicht vergessen hat.

Elin
ich meine das so wie ich sage das. ob du mich sehen willst
Pieter
Wann?
Elin
ist das ja?
Pieter
Ja.
Elin
dankeschön

Pieter
Du bedankst dich, weil ich dich sehen will?
Elin
ist das merkwürdig?

Merkwürdig? Ich weiß nicht. Ich finde dieses ganze Gespräch merkwürdig.

Pieter
Nein, nein, ich find nicht so schnell etwas merkwürdig. Aber äh … wollen wir uns verabreden?
Elin
ja
Pieter
Und hattest du einen bestimmten Moment im Kopf …?
Elin
vielleicht schon
Pieter
Wann denn?

Es bleibt wieder eine Weile leer im Chat. Mein Körper zittert vor Aufregung. Im Fernsehen werden die mageren Torchancen der ersten Spielhälfte gezeigt.

Es bleibt noch länger leer. Meine Finger schweben schon über der Tastatur, aber ich warte, will nicht ungeduldig erscheinen.

Ich warte weiter. Ist sie weg? Chattet sie gleichzeitig noch mit jemand anderem? Oder denkt sie über meine letzte Frage nach? Die erste Spielhälfte war langweilig, aber diese nervenaufreibende Halbzeit macht alles gut.

Ich verkleinere das Facebook-Fenster, als könnte das aus irgendeinem magischen Grund dafür sorgen, dass Elin schneller reagiert. Aus demselben inexistenten Grund schaue ich extra *nicht* auf meinen Laptop.

In Johannesburg haben die drei Männer alles gesagt und müssen schon wieder einem sündhaft teuren Reklameblock weichen.

Endlich gibt mein Laptop einen Ton von sich. *Den* Ton. Die Erregung in mir hat wenig bis gar nichts mehr mit Fußball zu tun. Ich bewege den Kopf nach unten: *Facebook (1)*. Ich klicke auf das Logo und die blauweiße Seite füllt den Bildschirm.

Elin
jetzt?

Zweite Spielhälfte

No fucking clue

John und ich wollten gerade vom Tempel denselben Pfad zurück nach unten nehmen, als Heather aus Houston, Texas, uns zu sich rief. Wir hatten Wasser getrunken, Elin danach zu einem freundlich aussehenden Ehepaar gesetzt und zuletzt mit einem der seltenen noch funktionierenden Handys (dem wasserdichten Exemplar eines kanadischen Touristen) jeder eine SMS nach Hause geschickt.

Es hat eine Flutwelle gegeben. Keine Sorge. Ich bin okay.

Viel später erst hörte ich von meinem Vater, dass meine Mutter und er noch rosig schliefen, als meine Nachricht bei ihnen ankam, dass sie erst dann den Fernseher einschalteten, wo die ersten Umrisse der Katastrophe skizziert wurden.

Heather kniete vor Larrys großem, geöffnetem Koffer und holte allerlei trockene Kleidung daraus hervor. Ich probierte eine dunkelgrüne Zipp-off-Hose an, die mir fast bis zu den Knien reichte, und konnte mich nicht erinnern, wann ich zuletzt eine kurze Hose getragen hatte. In der Schule und draußen auf der Straße war lang vorgeschrieben, im und ums Haus trug ich einen Sarong.

»It's almost a perfect fit«, meinte Heather. »Please, keep it.«

Sie war überdeutlich in Geberlaune, denn mit den Sachen ihres Mannes wurden John und ich vollständig eingekleidet. John bekam eine kurze Hose, ein weites Polohemd und Badelatschen, ich neben dem grünen Zip-off-Ding ein paar etwas zu enge Nike-Sportschuhe und zuletzt ein langes rotes Basketballshirt.

»This is dry and clean and it suits you better«, meinte Heather. Besser als das Hemd von Gitta.

Larry kam hinzu. »That's my lucky shirt«, sagte er und zeigte auf meine Brust, auf der in dicken, weißen Buchstaben ROKKETS stand. Darunter prangten zwei genauso dicke und weiße Einsen. Elf, die närrische Zahl. Ich wusste nicht sicher, ob Larry mir indirekt viel Glück wünschte oder nicht vielleicht empört war, dass seine eigene Frau das Glück so scheinbar achtlos an einen anderen verschenkte.

»Thanks«, sagte ich einfach.

»God bless you guys«, sagte das Ehepaar fast im Chor.

Dann nahmen wir den Dschungelpfad nach unten und begannen mit unserer Suche.

Wir stolperten bergab durch den Dschungel in Richtung Meer. Das Tosen des wilden Wassers klang immer lauter; dennoch hatte ich in diesem Moment keine Angst. Es blieb schlichtweg keine Zeit, sich zu fürchten.

Wohl ahnte ich, dass wir dabei waren, etwas Irrsinniges zu tun, was uns andere bestätigten. Ab und zu stießen wir auf entgegenkommende Leute, die uns klarzumachen versuchten, dass wir in die falsche Richtung liefen. Wir nahmen uns nicht die Zeit, es ihnen zu erklären, sondern gingen schnellstmöglich weiter.

»You're a Chinese«, sagte John, nachdem er eine Weile hinter mir hergegangen war.

»What?«

»It's written on your back: Yao.«

»Who the fuck is Yao?«

»You are.«

»So who am I?«

»I thought you were the sportsman, Pete.«

»I know nothing about basketball.«

John konnte es kaum fassen. Wie war es möglich, dass ich Yao Ming nicht kannte? Alle kannten Yao Ming! Offenbar war er ein baumlanger chinesischer Superstar aus der NBA, der amerikanischen Basketball-Profiliga.

»So?«, fragte ich.

»So nothing«, sagte John. »You're him now.«

Wir waren wieder fast an der main road. Ich wusste, dass die Wahrscheinlichkeit groß war, innerhalb einer Minute an der Leiche einer alten Frau vorbeizukommen.

Bingo.

Sie lag in genau derselben Haltung da; trotzdem sah sie noch toter aus als zuerst. Es berührte mich immer noch wenig.

»That's where the girls' guesthouse is located.« John zeigte irgendwohin und tat, als ob er die Leiche diesmal gar nicht erst bemerkt hätte.

Ich nickte. Morgen war die Frau bestimmt weg. Entfernt, weggeräumt. Dann war sie keine Frau mehr, sondern ein sterblicher Überrest. Innerhalb von vierundzwanzig Stunden war diese Tote mit den übrigen zusammengezählt und Teil der Opferzahlen geworden, die in den Nachrichten mit stoischem Blick und direkt in die Kamera des Teleprompters verlesen wurden.

Wir folgten der main road zu dem, was von dem Guesthouse übrig geblieben war. Das Wasser hatte sich großenteils zurückgezogen und auf den endlos verschmutzten Straßen, die es hinterlassen hatte, war es beängstigend still geworden. Es war, als ob wir durch ein Geisterdorf gingen. Kein Sterblicher befand sich jetzt noch freiwillig so nah am Meer, das als Einziges dort Krach schlug. Ich hatte immer noch keine Angst, bekam aber zunehmend das Gefühl, dass John und ich vollkommen bescheuert waren, dort herumzulaufen, wo uns jeden Moment eine zweite Flutwelle überfallen konnte.

»How big of a disaster do you think it is?«, fragte ich.

John zuckte mit den Schultern. »I really don't know«, sagte er. »Upstairs, at the temple, someone told me it was a tidal wave from Galle to Matara.«

»That big?« Es waren zwei Küstenorte, die über vierzig Kilometer voneinander entfernt lagen, und das erschien mir – unwissend, wie wir damals noch waren – lächerlich übertrieben.

»That's what I was told«, sagte John. »Fifty people died, they said.«

Fünfzig klang nach viel, sehr viel, aber ich glaubte es damals schon nicht. Ich dachte: Wir suchen noch nach Isabelle, nach Andrew. Und niemand weiß, dass wir nach ihnen suchen. Werden es nachher dann achtundvierzig oder zweiundfünfzig sein? Fünfzig kann nicht stimmen. Es sind mehr oder weniger, eins von beidem.

Das Guesthouse der Mädchen war teilweise eine Ruine. Das Souterrain war völlig zerstört und das Dach eingestürzt, aber dazwischen sah alles überraschend unversehrt aus.

Es war ausgestorben. Kein Mensch – tot oder lebendig – weit und breit.

»She could have been dragged by the water for hundreds of meters«, sagte John.

Wir riefen hundertmal Isabelles Namen, suchten in und um das Guesthouse. Erst zusammen, danach jeder einzeln. John links und ich rechts.

Für einen Moment war ich wieder ganz allein und es fühlte sich ein wenig so an, als ob der Rest der Welt nicht existierte. Es war wie in so einem amerikanischen Film, in dem die Menschheit von Außerirdischen oder irgendeinem Meteoriten vernichtet wurde und nur der Held der Geschichte die Katastrophe überlebt zu haben scheint. Aber ich war kein Held.

»Sudha!«

Und ich war auch schon nicht mehr allein auf der Welt. Ich drehte mich um: Da stand ein bis auf die Knochen durchnässter Junge. Er war klein und mager, noch keine zehn Jahre alt, schätzte ich, und wohnte wahrscheinlich mit seiner Familie im Dorf.

»Do you speak English?«

Der klatschnasse Junge schüttelte den Kopf. Er verstand mich also.

»Sudha!« sagte er wieder.

Sudha, weißer Mann, aber nicht auf Tamilisch, sondern auf Singhalesisch. Es klang dringend. Ich dachte an einen Scherz aus unserem Dorf. »*Vella karen*, weißer Mann!«, riefen die kleinen Kinder mir oder John oft nach, wenn wir das Dorf verließen. »Vella karen, *enge porre*, wohin gehst du?«

»Vella karen?«, fragte ich dann in höchst verwundertem Ton, während ich wie suchend um mich blickte. »Welcher – *Yaare* – weiße Mann?«

Immer wieder genügte mein kleiner Scherz, damit sich die Kinder vor Lachen über den staubigen Boden kugelten, aber dieser tropfnasse Kleine vor mir sah nicht aus, als ob ihm nach Scherzen zumute war. Er kam auf mich zu und fasste meine Hand. Mit seiner freien Hand gestikulierte er, ich solle mitkommen. Ich schaute mich suchend um, aber John war nirgendwo zu sehen.

Der Junge und ich gingen an dem Guesthouse vorbei in Richtung Strand. Mit jedem Schritt wurde es nasser und klang das Wasser lauter. Wir gingen schnell, der Junge hatte es eilig, aber sicher fühlte es sich nicht an. Warum folgte ich ihm? Wohin in aller Welt gingen wir? »Ko hee da?«, fragte ich.

Bei einer umgestürzten Palme blieben wir stehen. »Me he«, antwortete der Junge: hier also. Er zeigte. Ich erblickte nur eine umgestürzte Palme und wollte schon wieder umkehren.

»E he!«, sagte der Junge und zeigte weiter. Da!

Ich schaute nochmals hin und dann sah ich es. Es war nicht einfach nur eine umgekippte Palme, sondern eine Palme mit einem Arm. An diesem war eine Hand und die Finger der Hand bewegten sich. Unter diesem Palmbaum lag Leben versteckt.

Ich umklammerte den Stamm und begann daran zu zerren. Ein Stöhnen war zu hören.

»I'm here!«, rief ich. »Don't worry!« Es waren lächerliche Worte, aber mir fiel nichts Besseres ein. Ich zog weiter, der Baum bewegte sich kaum.

»Ikman karanna!«, flüsterte die Palme mit den Fingern.

Ich hatte keine Ahnung, was das bedeutete. »Nicht aufgeben!«, vielleicht, dachte ich, oder: »Hör auf, so an mir herumzuzerren, ich sterbe ja ohnehin!«

Ich ließ den Stamm los und richtete mich auf. Nur kurz Atem schöpfen, neue Kräfte sammeln. Ich beugte mich vor und umfasste den Stamm wieder. Zum ersten Mal sah ich zwei Augen. Sie gehörten zu den Fingern und aus ihrem Blick verstand ich, was die Worte bedeutet hatten: »Beeil dich bitte!!!«

Ich atmete tief ein und zog. Die Augen folgten mir, es kann kaum anders gewesen sein.

»Ikman karanna, *Yao Ming*!« Die Palme hatte gesehen, wer über ihr stand. Ein Superstar. Ein unbesiegbarer chinesischer Basketballspieler. Ganz unmöglich, dass der dieses Minibäumchen nicht mal kurz von der Stelle bewegen konnte.

Ich zog. Yao zog. Der bleischwere Stamm kam hoch. Ich bewegte ihn zur Seite und ließ ihn auf den schlammigen Sand fallen. Unter der Palme kam ein zerknittertes Häuflein Mensch zum Vorschein. Aber das Häuflein lebte. Das Häuflein war dankbar.

»Bohoma stuti-yi«, presste ein chinesisch aussehender Mann hervor. »Istuti, Yao Ming.«

Ich nickte dem zerknitterten Häuflein zu. Was sollte ich sagen? Ich drehte mich um: Der kleine Junge war nicht mehr da. Vielleicht war er losgelaufen, um noch ein paar weitere Riesen zu holen.

Ich schaute wieder zu dem Mann. Er hatte die Augen geschlossen.

»I'll go look for help«, sagte ich.

Das Häuflein reagierte nicht, bewegte sich auch nicht mehr.

Ich war immer noch kein Held.

So schnell ich konnte rannte ich zum Guesthouse. Auf halbem Weg begegnete ich John, der mein erhitztes Gesicht wahrscheinlich schon aus der Ferne hatte ankommen sehen.

»Did you find her?« Er klang hoffnungsvoll.

Ich schüttelte den Kopf, erzählte von dem Mann unter der Palme. Wir gingen zusammen zurück.

»We are bloody crazy«, meinte John. »Do you know that?«

Ich nickte und sagte, der Mann unter der Palme hätte sich irgendwann nicht mehr bewegt. Ich befürchtete, dass er sich nie mehr bewegen würde.

»Hurry up then.«

Wir standen bei dem Baum. Jedenfalls glaubte ich das. Der Mann war nirgendwo mehr zu sehen. Ich wusste nicht, ob es ein gutes Zeichen war, es erschien mir unmöglich, dass er selbst aufgestanden sein sollte. Ich blickte mich um. Es gab noch mehr umgestürzte Palmen dort, aber meiner Meinung nach war keine davon kurz zuvor durch Yao Ming von der Stelle bewegt worden.

»He disappeared«, sagte John.

»The man could barely speak«, sagte ich. »Not to mention walk.«

»Then he just vanished«, schlussfolgerte John.

Einen Moment lang bezweifelte ich, ob der zerknitterte Mann jemals wirklich so dagelegen hatte. Hatte es überhaupt einen mageren kleinen Jungen, einen Baum mit Fingern und einen Basketballspieler mit übermenschlichen Kräften gegeben? Hatte ich mir das alles nicht nur eingebildet?

Istuti, Yao Ming.

Nein, natürlich war es keine Sinnestäuschung gewesen. Ich hatte einen Baum weggehoben und der Mann, der darunter hervorkam, war mir dafür äußerst dankbar gewesen.

»Now what?«, fragte ich.

»Now nothing«, sagte John.

Er hatte recht. Wir konnten noch stundenlang dort stehen und warten, dass der verschwundene Mann wie durch ein Wunder plötzlich wieder auftauchte, aber das hatte wenig Sinn.

Wir beschlossen, zu unserem eigenen Guesthouse zurückzugehen. Da waren unsere Sachen, unsere Pässe und es war nicht weit.

»Maybe Isabelle is there«, sagte John.

Mit großen Schritten näherten wir uns dem Meer. Die Angst war mir langsam in den Leib gekrochen, aber gleichzeitig war ich auch wie ein Roboter. Weiterstapfen. Nicht nachdenken. Handeln.

Es fühlte sich merkwürdig an, irgendwo hineinzugehen, woraus wir kurz zuvor noch geflüchtet waren. Merkwürdig und unnatürlich. Das Wasser im Erdgeschoss reichte uns jetzt bis zum Knie. Und obwohl wir wussten, dass es so gut wie sinnlos war, taten wir es dennoch. Fast gleichzeitig fingen wir wieder an zu rufen.

»Isabelle!«

Keine Reaktion, natürlich nicht.

»Isabelle!«

Wir riefen wieder und wieder. Wir riefen lauter, wir riefen abwechselnd.

»Andrew!«

John wechselte den Namen, obwohl jeder, der dazu imstande gewesen wäre, wahrscheinlich auf alles, was wir riefen, mit einem Lebenszeichen geantwortet hätte. Wie von selbst dachte ich an das letzte Mal, als wir dort standen, ein paar Stunden zuvor, als ich die Hintertür aufgebrochen und in Johns Augen gelesen hatte, dass jetzt nicht der Moment war, weiter nach eventuellen anderen Leuten im Guesthouse zu fragen. Die Wahrscheinlichkeit war groß, dass ich mich in einem Gebäude befand, in dem Leichen lagen. Ich wagte, nein: Ich wünschte nicht, danach zu fragen.

Unser Zimmer war mehr oder weniger wasserfrei. Das Linoleum hatte sich vom Boden gelöst, alles an Möbeln, Gepäck und Kleidung lag in einem gigantischen Haufen in der Ecke bei der Toilette als dem einzig vorhandenen Abfluss. Wir fischten unsere nass gewordenen Sachen daraus hervor. Mehr als die Hälfte war verschwunden. Wir stopften alles, was wir finden konnten und was uns gehörte, möglichst schnell in unsere durchnässten Taschen. Ich fragte John, ob er wüsste, wo Gittas Zimmer war. Wenn wir schon mal hier waren, konnten wir doch wenigstens ihren Reisepass mitnehmen.

»No fucking clue«, antwortete John.

Er sagte, er würde es schon herausfinden, und während ich im Eingangsbereich wartete, suchte John nach dem Zimmer, wo er Gittas Pass finden konnte.

Jetzt, Jahre später, weiß ich noch immer nicht genau, was John hinter diesen Türen vorgefunden hat. Er hat es mir nie erzählt und ich habe ihn auch nie mehr danach gefragt.

Vielleicht hat sich unsere Freundschaft ja damals verändert, war sie so viel Elend schlicht nicht gewachsen. Wir waren es gewohnt, alles miteinander zu teilen, aber von diesem Moment an taten wir das nicht mehr, wollten wir es nicht mehr.

Ich versuche, mich selbst auch so wenig wie möglich daran zu erinnern. Falls ich aus Versehen doch an John und diese Türen denke, gehen meine Gedanken automatisch zu dem Kästchen in meinem Kopf.

Was ist eigentlich das Problem, warum tue ich so? Oder warum *bin* ich so? Vielleicht macht die Geschichte von der Taube es noch am ehesten begreiflich.

Die Geschichte von der Taube

Vor langer Zeit, als ich noch ein kleines Kind war und gerade erst eine Woche radfahren konnte, nahm mich mein Vater mit. »Auf Tour«, nannte er das und als Belohnung gab es drei Kugeln Eis.

»Drei?!«

»Und Sahne obenauf.«

Wir wollten eine Runde durch die Dünen radeln, mit dem Eisladen als Endziel. Kaum hatten wir unsere eigene Straße verlassen, als ich mitten auf der Straße eine platt gefahrene Taube daliegen sah. Ihr Inneres lag neben ihrem Äußeren. Es war ein Häuflein aus Federn, Blut und Eingeweiden.

»Nicht hinsehen«, sagte mein Vater, aber meine Augen konnten einfach nicht anders.

Wir radelten weiter. Ich schlenkerte etwas, in Gedanken an die tote Taube. Wahrscheinlich war das Tier von einem Auto überfahren worden. Danach von noch einem Auto und danach von noch einem. So lange, bis seine Gedärme von dem vielen rasenden Gummi aus seinem Taubenbauch gedrückt waren. Ob es nach dem ersten Schlag gleich tot gewesen war?

Auch in den Dünen ging sie mir nicht aus dem Kopf. Auf einem schmalen Weg geriet ich für einen Moment aus der Spur. Vielleicht vor lauter Denken. Ich fuhr mir einen Platten in einem Berg von Muschelscherben und knallte gegen den Stacheldraht. Mein Knie blutete, mein Arm war aufgerissen und mein Fahrrad kaputt.

Ich hörte meinen Vater vor Schreck fluchen. »Wie ist denn das passiert?«, fragte er, während er mir aufhalf.

Ich sah das Blut und fühlte die brennenden Schürfwunden. Ich weinte, aber gleichzeitig war ich froh, dass mein Inneres noch in meinem Äußeren steckte.

Das Eis ließen wir aus. Auf dem Rückweg durfte ich auf den Gepäckträger. Mein kaputtes Rad hatten wir an den Anfang des Dünenwegs gestellt, damit wir es später abholen konnten.

»Und hier machen wir einen Schlenker nach links«, sagte mein Vater, kurz bevor wir wieder an dem überfahrenen Vogelkadaver vorbeigekommen wären. Er nahm einen anderen Weg, fuhr um das Leid herum.

Noch Wochen danach vermied ich die Straße mit der Taube.

Everybody is going home

John und ich waren wieder auf dem Weg zurück zum Tempel. Zum dritten Mal an diesem Tag kam ich an der Leiche der alten Frau vorbei. Jemand hatte ein Tuch darübergelegt, einen schmutzigen, nassen Lappen, längst nicht groß genug, sie ganz zu bedecken. Zwei tote Knie, Schienbeine und Füße ragten unter dem Stoff hervor.

Wir stiegen weiter bergauf und sprachen uns gegenseitig Mut zu. Wir nannten mögliche Orte, an denen Isabelle jetzt ganz bestimmt auf dem Trockenen und in Sicherheit war, aber je näher wir dem Tempel kamen, desto stiller wurden wir.

»Maybe she is searching for us right now«, überlegte ich laut. »Just like we are searching for her.«

»Possibly«, sagte John, aber auch er glaubte ganz deutlich kaum daran.

Die letzten paar Hundert Meter sagten wir überhaupt nichts mehr. Ich wusste sicher, dass wir an dasselbe dachten, dasselbe hofften. Wenn wir gleich an dem missmutigen Mönch am Eingang vorbei waren, mussten uns zwei schwedische Mädchen entgegengerannt kommen. Dann lachten wir zu viert, und noch bevor wir ausgelacht hätten, würde sogar dieser verrückte Andrew aus einer Ecke des Tempels auftauchen. »Hey dudes!«, würde er dann mit seinem eigenartigen australischen Akzent rufen. »What took you so long?«

Alle würden lachen und weinen und sich gegenseitig umarmen, so ungefähr dachten wir. Und alle Sorgen wären umsonst gewesen.

Ein Mönch – ein anderer als am Morgen – nickte uns zu. Er sah mein Shirt und schien ein wenig zu lächeln, obwohl ich nicht denke, dass sie die NBA da oben im Tempel so aufmerksam verfolgten.

Noch bevor wir den Bereich innerhalb der Tempelmauern betraten, wäre ich fast mit Gitta zusammengestoßen. Sie stand kurz vor ihrer Abreise. Ein Kleinbus mit Touristen fuhr nach Colombo und Gitta hatte es geschafft, den letzten verbliebenen Sitzplatz zu ergattern.

»But what about your passport?«, fragte ich. »And your other stuff?«

Offenbar hatte Gitta sich inzwischen damit abgefunden, ihre Sachen niemals wiederzusehen. Transportmöglichkeiten waren schließlich knapp und von einer Rückkehr an die Küste wurde entschieden abgeraten.

»People here are saying a new tidal wave is coming«, sagte Gitta mit ihrem schweren Akzent. Sie hatte sich schon überlegt, dass die deutsche Botschaft in Colombo ihr ein Notdokument für den Rückflug besorgen könnte.

»Are you leaving the country?«, fragte ich.

Gitta nickte. »Everybody is«, sagte sie. »Everybody is going home.«

John gab Gitta ihre nasse Tasche mit ihrem nassen Reisepass. Sie reagierte viel weniger dankbar, als ich erwartet hatte.

»Thank you, boys«, sagte sie. »You are good boys.«

Der Touristenbus war bereit loszufahren. Gitta fischte ein nasses, rosa Beutelchen aus ihrer soeben erhaltenen Tasche und holte etwas daraus hervor.

»Oh no, please«, sagte John, der eher als ich kapierte, was sie vorhatte. »Keep your bloody money.«

Nein, ein Bündel Geldscheine von einer deutschen Touristin konnten wir natürlich nicht annehmen. Selbst wenn wir ihr vielleicht das Leben gerettet hatten.

»Take it.« Gitta streckte uns ihre Hand mit dem Geld entgegen. »*Ich bestehe darauf.*«

»No way«, sagte John. »Give it to the people who really need it.«

Der Motor des Kleinbusses wurde gestartet.

»*You* do it«, sagte Gitta und drückte mir die Geldscheine in die Hände. Noch bevor ich sie zurückgeben konnte, entfernte sich Gitta bereits. »Good boys!«, rief sie über die Schulter zurück. »*Ich danke Ihnen für meinen Reisepass!*«

Und für deinen Leben, dachte ich hinterher. Oder war es *deine*? *Deiner*? *Deines*? *Dein* vielleicht? Diese verfluchten Deklinationen!

Gitta stieg in den Bus, sie passte gerade noch so hinein. Die Tür wurde zugeschlagen und da fuhren sie, die deutsche Frau und ihr Reisepass.

John schaute dem Bus kopfschüttelnd hinterher, während er mich fragte, wie viel Geld es war. Ich zählte mehr als fünfzigtausend Rupien, ein wahres Vermögen.

»Let's get rid of it as soon as possible«, sagte John.

Ich nickte. »We'll find a good purpose for it, I'm sure.« Bis dahin verschwand das Geld in meiner Tasche.

Wir betraten den Tempel.

Nein, natürlich nicht. Kein Andrew, keine Isabelle. Nur Elin war da, aber Elin war nicht mehr sie selbst. Sie hatte die Gitta-Krankheit oder wie man es auch nennen wollte. Sie hatte sich in eine Spielzeugpuppe ohne Batterien verwandelt, einen Engel ohne Flügel. Die beiden unsichtbaren Hände hatten ein neues Ziel gefunden. Elin war weg von der Welt.

Ich setzte mich neben sie, legte einen Arm um sie. Ich sagte, wir hätten Isabelle noch nicht gefunden. Sie reagierte auf nichts. Ich sagte, Isabelle suche jetzt wahrscheinlich irgendwo nach uns oder säße schon sicher in einem Bus Richtung Colombo.

Elin starrte weiter vor sich hin. »She would never leave without me«, flüsterte sie plötzlich. »Just as I would never leave without her.«

Gegen ihre Argumentation ließ sich wenig einwenden. Ich legte auch meinen anderen Arm um Elin. Jetzt hielten zwei sichtbare und zwei unsichtbare Hände sie fest. Ich denke, keine davon hat geholfen.

Es wurde später. Immer mehr Leute redeten von einer möglichen neuen Flutwelle. Immer mehr Menschen auch verließen den Tempel und reisten weiter vom Wasser weg. Das erste Sicherheitsgefühl war Empfindungen der Unruhe und Angst gewichen. Dort beim Tempel war es vorläufig noch trocken, aber niemand konnte uns versprechen, dass das auch so bleiben würde.

»We have to make a decision«, sagte ich zu John. Es war schon fast vier Uhr und der Tempel leerte sich rasch. »What shall we do?«

Wir zweifelten. In einer Stunde wurde es dunkel, und wenn wir dann noch da waren, hatten wir ein Problem. Die Mönche wollten oder konnten eindeutig kein Hotel aus ihrem Heiligtum machen und dazu war die Aussicht auf eine neue, panische Flucht – sollte das Wasser doch noch den Tempel erreichen – alles andere als angenehm. Zurück nach unten zu gehen war keine Option. Eigentlich mussten wir weiter landeinwärts.

»What about Isabelle?«, fragte John mit unglücklicher Miene.

Wir hielten es für ziemlich unwahrscheinlich, dass Isabelle noch zum Tempel käme, sie konnte ja noch nicht einmal wissen, dass wir hier waren. Ebenso unwahrscheinlich erschien es uns, dass wir sie an diesem Tag noch irgendwo finden würden.

»Tomorrow«, sagte ich. *Und lass uns währenddessen für sie beten*, hätte ich am liebsten noch hinzugefügt. Ich dachte an unser Dorf, an das endlose Ritual der ganzen islamischen Männer dort. Oft, wenn John oder ich bei jemandem vorbeischauten, weil wir etwas ausrichten oder einen kurzen Besuch machen wollten, öffnete die Frau des Hauses, und wenn sie Englisch sprach, war die Antwort immer die gleiche: »You come back in twenty minutes, he is praying right now.«

Hundertmal hatten wir das erlebt. Und nein, ich denke nicht, dass ich an Gott glaubte. Trotzdem hoffte ich, dass all diese Männer aus unserem Dorf im selben Moment, als John und ich da bei dem Tempel standen, ihre kleinen Teppiche ausbreiten, in Richtung Mekka schauen und auf die Knie sinken würden.

In Gedanken klopfte ich an und fragte, ob sie zu Hause seien.

»Oh yes, they are praying for Isabelle right now.«

»Can I join them?«

Zusammen würden wir uns hinknien. Ich würde ihnen beichten, dass ich noch nie gebetet hatte.

»It does not matter«, würde einer der Männer sagen.

»But I don't know how it works.«

Er würde lächeln. »You will find out«, würde er sagen und er würde recht haben. Und danach würden wir beten.

John unterhielt sich mit einem Mann. Ich kannte ihn, er war der Besitzer des kleinen Strandrestaurants, wo wir am Abend zuvor gegessen und getrunken hatten. John winkte mir. Ich sagte zu Elin, ich würde sie eine Sekunde allein lassen, aber das schien überhaupt nicht zu ihr durchzudringen.

»You can come to my home«, schlug der Restaurantbesitzer vor, der Ravindu hieß. Er war mit seinem alten Jeep zum Tempel gefahren, um Leute abzuholen und zu seinem Haus zu bringen. Ravindu wollte – nein: musste – helfen, weil er helfen *konnte*, erläuterte er. Sein Haus lag drei Kilometer weiter landeinwärts und schon mehr Menschen hatten dort Unterschlupf gefunden.

Ravindu bezeichnete es als *totally safe*.

Ich drehte mich um zu Elin. John folgte meinem Blick. Wir wussten beide, dass dies die beste Wahl war, wir wussten beide, dass sie mit uns mitkommen würde.

John und ich bedankten uns bei den Mönchen und sagten ihnen, wohin wir fuhren, für den Fall, dass Isabelle oder Andrew doch noch hier auftauchen sollten.

Dann nahmen wir Elin mit. Sie sträubte sich kaum, obwohl wir sie das ganze Stück bis zum Jeep stützen mussten. Die großen, schönen Augen fielen ihr andauernd zu – als ob sie betrunken wäre oder eine Schlaftablette genommen hätte –, um danach sofort wieder aufzuspringen.

»Where are we going?«, fragte sie, nachdem wir sie auf die Rückbank des Jeeps gesetzt und es ihr schon dreimal erklärt hatten.

»To a safer place«, erzählte ich zum vierten Mal.

Elins Augen fielen erneut für einen Moment zu, sprangen erschreckt wieder auf. »Och Isabelle?«, schaltete sie auf Schwedisch um. »Hon kommer också?«

Was sie sagte, verstand ich nicht, begriff es aber dennoch. »We hope that she will come there too«, sagte ich ohne jede Ahnung, worauf sich diese Hoffnung gründete.

Der Fünf-Personen-Jeep wurde vollgeladen; hinein passten acht Leute mit Gepäck. Als der Jeep hupend vom Tempel davonfuhr, schaute uns ein einzelner Mönch hinterher. Es war der mürrische vom Morgen. Er winkte.

Ächzend bog der Jeep in eine Seitenstraße ein. Wir saßen mit unseren verschwitzten Leibern dicht zusammengepresst, wie die klebrigen Dropse in der Kupferdose, die meine Großeltern im Handschuhfach ihres alten Peugeots aufbewahrten. Wenn ich mir früher eins daraus nehmen durfte, nahm ich aus Versehen immer drei. Es war ein langer, holpriger Weg durch den Dschungel. Als wir ankamen, herrschte Dämmerung.

»Welcome to my little home«, sagte Ravindu, nachdem wir endlich aus dieser Blechkiste befreit waren. »You can stay as long as you need to.«

Mitten zwischen den Reisfeldern, den *paddy fields*, stand ein landestypisches Haus, wie ich sie aus unserem eigenen Dorf kannte. Es war weder groß noch schön. Das Wohnzimmer mit dem weit verbreiteten rot gestrichenen Fußboden beherbergte etwa dreißig Menschen. Fast sämtliche Nationalitäten schienen vertreten zu sein. Überall saßen, standen und lagen gestrandete Reisende und Dorfbewohner.

»Dinner will be ready in fifteen minutes«, wurde uns gesagt. Wenn wir wollten, konnten wir uns noch an der Waschstelle hinten im Garten frisch machen. Die Dämmerung war immer cleaning time, dort auf Sri Lanka. Man spülte den Schmutz von sich ab, schwitzte nicht mehr so lächerlich und konnte somit sauber ins Bett. John schenkte sich die Prozedur; er blieb mit Elin irgendwo in dem Zimmer auf dem Fußboden sitzen. Ich empfand das starke Bedürfnis, den bizarren Tag von mir abzuschrubben.

Ravindus Frau Anuradha gab mir ein kleines Handtuch und Seife. Fast schien es, als wäre sie auf all die unvorhergesehenen Gäste vorbereitet. Ich ging durch den Garten zu dem quadratischen Brunnen. Ein nackter Mann seifte sich gerade ausführlich ein. Mir bot sich der Anblick seines braunen Rückens und weißen Hinterns. Es sah ziemlich lächerlich aus.

»It might be better to put something on«, sagte ich zu dem Hintern. »Standing around naked isn't really normal around here.«

Der Hintern drehte sich um und machte Platz für einen langen, hängenden und noch nackteren Ausblick.

Natürlich hatte ich beim Fußball oder nach dem Sport in der Schule schon Hunderte Male mit Männern geduscht, aber nach einem halben Jahr auf Sri Lanka erschreckte mich das Bild doch etwas. Nur einen Moment lang, denn dann schaute ich hoch und sah, wer zu dem nackten Körper gehörte.

»Andrew!«

Ich erwartete eine relaxte australische Antwort von dem dude, der schon mehr als drei Jahre ununterbrochen auf Reisen war, aber Andrew schien nicht mehr der tolle Typ vom Abend zuvor zu sein.

»Sorry, mate«, sagte er, während er ein Tuch um seinen nackten Leib wickelte.

»Andrew!«, rief ich wieder. »You're okay!«

»I think so«, sagte er und nickte vage.

»What happened to you?«, fragte ich. »Where were you when the water came?«

Der Andrew vom Tag zuvor hätte eine lange, coole Geschichte voller *dudes* und *mates*, *you knows* und *likes* von sich gegeben. Dieser Andrew schüttelte den Kopf und sagte nur: »I don't wanna talk about it.«

Ich nickte und fragte, ob er Isabelle gesehen hätte.

»That Swedish girl from yesterday?«

»Yes!«, sagte ich hoffnungsvoll.

»I'm sorry, dude.«

Was hatte ich mir auch gedacht? Zwei Fliegen mit einer Klappe wäre natürlich auch zu schön gewesen, um wahr zu sein. Ich erzählte, dass John und Elin drinnen im Haus saßen.

»Good.« Andrew schien nicht an unseren Abenteuern interessiert zu sein, sondern sagte, er wolle das Land so schnell wie möglich verlassen.

»Where do you wanna go?«, fragte ich.

»Home.«

Ich lächelte, dachte an Johns leicht spöttisch gemeinte Frage beim Lunch und sagte: »Home is where the heart is.«

Aber der ewige Reisende schüttelte den Kopf. »No, dude«, sagte er. »That was a mistake. Home is where my parents live.«

Ich schaute zu Andrew. Tränen rollten ihm über sein cooles Surfergesicht. Er wollte nur eins: so schnell wie möglich heim zu Papi und Mami, so schnell wie möglich heim ins sichere Nest.

Nach dem Waschen zog ich saubere Kleidung an. Oder nein, wirklich sauber war sie nicht, aber ein Sarong und ein T-Shirt aus meiner nassen Tasche waren so einigermaßen getrocknet. Es fühlte sich gut an, wieder meine eigenen Sachen tragen zu können; die Last von Yao Ming glitt mir von den Schultern.

Das Essen war scharf. Ich schmeckte das längst nicht mehr, aber verschiedene Leute um mich herum schienen in Flammen zu stehen.

Die erste Zeit auf Sri Lanka, ab dem allerersten Tag, hatte die Frau unseres Schuldirektors dreimal täglich für John und mich gekocht, sodass wir uns an die extrem scharfe Küche gewöhnen konnten. Jeden Tag tat sie etwas mehr Schärfe dazu, als müssten wir für ein Wettrennen üben. Fünf Kilometer, zehn Kilometer, fünfzehn, zwanzig schon. Genau so lange, bis wir sogar einen gepfefferten Marathon schaffen würden. Nach drei Wochen waren wir startbereit, obwohl auch das seine Grenzen hatte. Einmal an einem freien Wochenende waren John und ich in der Großstadt Colombo im Muslim Star Hotel. Es war ein ziemlich nettes kleines Restaurant – auf Sri Lanka nennt sich jedes Restaurant »Hotel« – und John behauptete immer wieder, er vertrüge scharfes Essen viel besser als ich.

»Ah«, sagte er und nahm eine kleine, rote Chilischote von meinem Teller. »Are you done with this?« Noch bevor ich antworten konnte, hatte sich der nichtsahnende John die schärfste Chilischote der Welt in den Mund gesteckt. Einen Moment lang glaubte ich wirklich, er würde auf der Stelle sterben, danach bekam ich einen riesigen Lachanfall. Gut zweieinhalb Stunden später konnte auch John darüber lachen.

Im Raum summte es von den Gesprächen über die Flutwelle vom Morgen, obwohl es hauptsächlich die Dorfbewohner waren, die redeten. Die Touristen starrten fast alle schweigend vor sich hin, während sie sich vorsichtige Feuerbissen von ihren Tellern in den Mund schoben. Ich saß neben Elin. Sie aß nicht, nippte nur ab und zu an dem typischen *milk tea*, jenem schwärzlich-starken Zuckerwasser mit Milchpulver, das auf Sri Lanka immer zu oder nach dem Essen serviert wird.

Nach dem Essen vollbrachten John und ich ein technisches Wunder. Aus unseren beiden vom Wasser zerstörten Handys bastelten wir ein funktionierendes Gerät zusammen. Zum zweiten Mal versuchte ich, eine SMS nach Hause zu schicken. Von Isabelle schrieb ich nichts. Irgendwie fühlte es sich eigenartig an, etwas über sie zu berichten. Meine Eltern kannten sie überhaupt nicht – ich kannte sie ja selbst kaum – und außerdem würden sie sich womöglich Sorgen um nichts machen. Vielleicht war Isabelle am nächsten Morgen ja auch einfach wieder da. Es kam mir dumm vor, wenn sich Tausende von Kilometern entfernt zwei Menschen stundenlang unnötig wegen einer völlig Unbekannten beunruhigten.

Sind bei Leuten weiter weg von der Küste. Gefahr scheint gebannt. John und ich fahren nach Colombo asap. Halte euch auf dem Laufenden. X

Es dauerte ewig, bevor die Nachricht verschickt war. Empfang hatten wir dort kaum, und falls doch, dann war er nach einigen Sekunden wieder weg. Endlich klappte es. Innerhalb von fünf Minuten kam eine SMS zurück, von meinem Vater.

Gut, von dir zu hören, Junge. Tsunami ist groß in den Nachrichten hier. Wir denken an dich. Rufst du an, sobald es geht? Kuss von Pa(pa) und deiner Mutter natürlich.

Tsunami. Ich glaube, das Wort war irgendwann mal im Erdkundeunterricht aufgetaucht. Ich musste an japanische Wassergewalt denken, aber offenbar wurde diese Flutwelle auch so genannt. Und offenbar hatte sie es bis ins niederländische Fernsehen geschafft.

Das Zimmergesumm erreichte uns. Mehr Leute schafften es, kurz telefonischen Kontakt zu bekommen, und plötzlich drehte sich das Gerüchtekarussell auf vollen Touren. Jemand sagte, das Wasser hätte auch Thailand und Indonesien getroffen. Jemand sagte, es gäbe mehr als tausend Opfer.

Mehr als tausend. Ich glaubte meinen Ohren kaum. Es erschien mir dermaßen extrem viel. Aber, sagte ich mir, es waren ja auch nur Gerüchte.

Das Wort »Tsunami« fiel immer öfter. Ich wollte zu Hause anrufen, wo Internet und Fernsehen verfügbar waren. Wir steckten mittendrin, aber ich hatte das Gefühl, am anderen Ende der Welt wussten sie schon viel mehr.

Nach dem Essen versuchten John und ich, Kontakt zu unserer Freiwilligenorganisation aufzunehmen. Telefonieren ging noch immer nicht und Simsen schien auch nicht mehr zu funktionieren. John und ich begaben uns nach draußen, hinaus in die paddy fields, bis wir wieder etwas Empfang hatten. Wir simsten und erhielten umgehend eine Antwort. Sie kam von Charles. Er und seine Frau Marjorie bildeten zusammen die Anlaufstelle der Organisation auf Sri Lanka und John und ich kannten die beiden seit unserem ersten Tag auf der Insel. Als wir Monate zuvor gelandet waren und mit unseren Backpacks auf dem schon durchnässten Rücken und unseren kleinen Rucksäcken vorne auf dem Bauch die Ankunftshalle des Flugplatzes betraten, hatten wir haargenau *ein* weißes Ehepaar dastehen sehen. Manchmal sieht man mit einem Blick, ob man jemanden mag oder nicht. Ganz selten liegt man dann immer noch daneben, aber damals, dort an diesem glutheißen Tag, war ich mir eigentlich sofort sicher, dass Charles und Marjorie zu dem allersympathischsten einen Prozent der Menschheit gehören. Kurz darauf im Auto, einem knallroten Kleinbus, saß das Ehepaar schweigend vorn, damit John und ich die ersten Eindrücke von der prächtigen Insel in Stille und mit Aufmerksamkeit in uns aufnehmen konnten.

Dear John, dear Pieter. So good to hear from you! Someone will pick you up asap. We'll let you know when, stay in touch! My warmest regards, Charles

Wir gingen wieder hinein. Elin wurde in einer Zimmerecke von jemandem zugedeckt. Eine Frau legte sie auf eine Matte und streichelte ihr blondes Haar. Sie sang ein Lied, ein schwedisches Kinderlied. Nach einer Weile fielen Elins Augen zu und blieben es. Sie schlief.

John und ich unterhielten uns mit der Frau, die sich als Astrid vorstellte. Ihr Mann Gustav setzte sich auch dazu.

Wir erzählten von Isabelle, das Ehepaar nickte mit besorgten Mienen. Gustav sagte, er arbeite für eine große Firma in Schweden und sei geschäftlich in Colombo. Astrid sei mitgekommen und über Weihnachten seien sie zusammen an die Küste gereist.

Dieses Gespräch, ich erinnere mich noch so gut. Irgendwann sagte Astrid etwas auf Schwedisch zu Gustav und seine Augen leuchteten auf. Er antwortete etwas ebenso Unverständliches. Sie redeten kurz miteinander; dann wandte sich Gustav an John und mich. »It's a strange coincidence«, sagte er, »but we think we know the father of her boyfriend.« Gustav deutete mit einem kurzen Kopfnicken auf Elin. »He used to be a colleague of mine, back in Stockholm.«

Ein boyfriend. In Stockholm. Ich schwieg. John sagte Gott sei Dank auch nichts.

Casillas' rechter Zeh

Ich zittere schon eine halbe Stunde lang nach, hier auf der Couch. Es ist die pure Aufregung, das Spiel lässt sich dadurch kaum mehr verfolgen. Elin Andersson und ich werden uns wiedersehen. Nicht »demnächst«, in drei Jahren oder nächsten Monat. Nein, heute, das heißt jetzt. In einer knappen Dreiviertelstunde ist sie hier.

Was macht Elin in Amsterdam? Ist sie zufällig hier? Ist sie allein? Oder mit Freunden unterwegs? Hat sie einen Freund?

Ich weiß es nicht, habe mich nicht getraut zu fragen. Nach ihrem Vorschlag, uns zu treffen, ging es schnell. Sie fragte, wann das Spiel vorbei wäre. **Gegen halb elf**, tippte ich. **Danach kann ich zu dir kommen**, schlug sie vor. **Okay**, tippte ich. Ich gab ihr die Adresse, sie sagte, das finde sie schon. **Okay**, tippte ich wieder. **Also dann bis gleich. Also bis gleich**, antwortete sie. Zur Sicherheit tauschten wir unsere Telefonnummern aus. Ich schrieb ihre auf die Rückseite eines leeren, aufgerissenen Briefumschlags, der auf dem Couchtisch herumflog. Dann war unser wundersamer Chat zu Ende.

Nach einem weiten Abstoß, drei wilden Kopfbällen hin und her und einem Raketenschuss in die Luft springt der Ball in Höhe der Mittellinie direkt vor die Füße von Wesley Sneijder. Der befördert ihn mit einem unwiderstehlichen Pass quer durch die spanische Abwehr zu Arjen Robben, der allein damit zum Tor spurtet. Hinter ihm liegt eine Stunde voll fruchtloser Versuche, das Spiel aufzubrechen, vor ihm steht nur noch dieser fast unpassierbare spanische Torwart. Millionen Herzen in Kneipen und Wohnzimmern, auf Feiern und öffentlichen Plätzen hämmern jetzt im selben überspannten Rhythmus. Ein Schuss und die Niederlande sind Weltmeister. Kann doch nicht schiefgehen, oder? Robben schießt und Torwart Casillas springt in die falsche Ecke. Der Ball streift seinen rechten Zeh, hüpft hoch und fliegt dann auf das verlassene Tor zu.

Ich könnte vielleicht noch absagen. Eine simple Ausrede am Telefon genügt wahrscheinlich, um Elins Besuch zu verhindern.

Daneben.

Absagen.

Zwei verpasste Chancen.

Ich habe mich fünfeinhalb Jahre zurückgehalten, warum dann jetzt mit einem Mal ein Treffen?

An dem Tag, als John und ich nach Europa zurückflogen, habe ich einen Entschluss gefasst. Es war der 30. Dezember, noch keine Woche nach der Katastrophe. Wir waren gerade in London Heathrow gelandet und gingen durch die langen Flure zum Gepäckband. John war so gut wie zu Hause, ich musste noch nach Schiphol umsteigen.

Als Johns Gepäck auf dem Band erschien, war der Moment des Abschieds gekommen. Wir umarmten uns, wie sich Männer ab und zu umarmen, von leicht unbehaglich bis kräftig mit einer Menge Rücken- und Schultergeklopfe.

»We'll see each other soon«, sagte John.

»Sure.«

John, der den Abschied nicht dramatischer machen wollte, als er war, war schon im Begriff, durch die soundsovielte Passkontrolle zu gehen, aber ich zog an einem lose herabhängenden Riemen seines Backpacks. Er drehte sich um. »What?«

Ich schwieg und ließ meine Hände sprechen. »Spitzes Kinn?«

»Was ist, Langer Kopf?«

»Ich will nie mehr darüber reden«, gebärdete ich.

»Worüber?«

»Du weißt schon. Die Mädchen. Die Katastrophe.«

Johns Hände schwiegen. Er nickte.

»Werden wir nicht mehr darüber reden?«

»Du meinst, du willst es vergessen?«

Ich schüttelte den Kopf. »Nein, nicht vergessen«, gebärdete ich. »Vergessen geht nicht. Aber ruhen lassen. Endgültig.«

Ich hatte Angst, die scheußlichen Ereignisse würden alle großartigen Erinnerungen von davor überlagern. Wenn jemand nach meiner Rückkehr fragen würde, wie es auf Sri Lanka gewesen war, wollte ich unbedingt – und aus tiefstem Herzen – antworten können, dass es eine fantastische Erfahrung gewesen war.

»Okay«, gebärdete John. »Wir reden nicht mehr drüber.«

»Warte.«

»Was?«

»Versprich es«, gebärdete ich.

»What do you mean?«

»Promise me you'll never talk about the girls again.«

John schaute mich lange und nachdenklich an.

»Du musst es versprechen«, gebärdete ich.

Er schüttelte langsam den Kopf.

»Versprich es!«

»Why, Pete?«

»Because I want you to.«

»But don't you ever want to know what happened to –«

»Stop talking.«

»Alright, alright.«

»Danke schön, Spitzes Kinn.«

»Es ist okay, Langer Kopf. Ich denke nicht, dass ich deiner Meinung bin, aber solange du es willst, werde ich schweigen.«

John zog die Träger seines kleinen Rucksacks straff. Ich wusste, was in dem Rucksack war. Ein Kassenbon. Mit einer Telefonnummer darauf. Am liebsten hätte ich John gezwungen, den Zettel aus dem Rucksack zu holen und vor meinen Augen wegzuwerfen. Aber ich wusste, dass ich das nicht bringen konnte.

Was ist jetzt anders als damals? Vielleicht nichts, aber ich will keine Angst mehr haben. Eine verpasste Chance reicht für heute.

Show them who's boss

Der Boden war aus Stein. Keramik hieß das, glaube ich, aber das war auch nichts anderes als Stein. Etwa dreißig Menschen lagen auf hauchdünnen Matten und Tüchern in einem Raum. Die Mücken waren unzählbar.

Ich hörte Schnarchen um mich. Hohes und tiefes, leises und lautes. Schnarchen mit einem Fiepen und Scharchen mit einem Seufzer. Unbegreiflich, dass jemand da ein Auge zutun konnte.

»For fuck's sake«, flüsterte John neben mir, gefolgt von einem Schlag mit einem Fußlatschen.

Good old John Fletcher. Am nächsten Tag würde ich seine rot verbrannte Haut mit den vielen Mückenbeulen mal so richtig bewundern.

»Pete?«

»What?«

»I can't fucking sleep.«

»Me neither.«

»Bloody insects.« John schlug nochmals mit seinem Latschen.

»And bloody snoring people«, sagte ich. »Too bad you can't use your flip-flop on them.« Ich hörte John leise kichern und fragte: »Shall we go for a walk?«

»You read my mind.«

Kurz darauf gingen wir durch die paddy fields, keine Ahnung, wie spät es war. Der Mond leuchtete uns. Er war Vollmond. Poya Day. Wie immer ein staatlicher Feiertag, aber natürlich war niemand müßig gewesen.

Wir blieben einen Moment stehen.

»Can you hear the sea?«, fragte ich.

John nickte.

Das Wasser klang wild und aggressiv, als ob es böse eine Schlägerei angefangen hätte, deren Ausgang schon von vornherein feststand, nach dem unvermeidlichen Sieg aber immer noch vor Wut kochte. Das Wasser wollte die Menschheit besiegen, aber der Sieg allein hatte ihm offenbar nicht genügt. Es war ein beruhigender Gedanke, dass wir uns in sicherer Entfernung befanden. »She's been unleashed«, sagte John.

»Is it a *she*?«, fragte ich.

Er nickte wieder. »She definitely is.«

Auf Spanisch – *el mar* – ist das Meer männlich, auf Französisch – *la mer* – wiederum nicht. Im Englischen haben Substantive kein Geschlecht, aber John war sich sicher.

Ich schloss die Augen und spürte eine beklemmende Stille. Der Dschungel pfiff und knurrte und tschilpte, das weibliche Meer blieb immerzu wach, aber irgendwie schienen die Geräusche der Natur das Gefühl der Stille zu verstärken. Die Menschheit war nicht besiegt. Die Menschheit schlief lediglich.

Ich öffnete die Augen wieder, John und ich nahmen einen Kiesweg zwischen zwei Feldern. Hier und da beschien der volle Mond ein Häuschen mit einigen Palmen. Nirgendwo brannte ein Licht, das Wasser hatte den Strom völlig lahmgelegt.

Plötzlich blieb John stehen. »Did you hear that?«

Ich wusste nicht, wovon er sprach.

»I thought I heard a dog barking.«

Der nüchterne John mochte keine Hunde, das wusste ich. Er hatte sogar eine Höllenangst vor ihnen. Ein kleines Jugendtrauma hatte er es genannt, als wir uns einmal im Dorf, es war kurz nach der Schule, Auge in Auge einem süßen Welpen gegenübersahen und ich zu meiner Verwunderung den Schrecken in Johns Augen bemerkte.

Ich wollte sagen, er hätte sich geirrt, bestimmt wären das hier keine Hunde, aber dann hörte ich es auch. Und im nächsten Moment sah ich es. Vier fluoreszierende Augen kamen aus einem der Häuser unter Knurren und Gebell auf uns zugerannt. Es waren wilde Hunde, *village dogs*, und sie waren schnell. Diese Biester wollten nur eins, und zwar angreifen.

Moment mal, durchfuhr es mich: Ich habe das Meer überlebt! Also was bildeten sich die Viecher ein? Ich streckte die Arme, spreizte meine Finger und rannte laut schreiend auf die Hunde zu. Es funktionierte, sie machten kehrt.

Ich drehte mich um und ging zurück zu John. Tränen standen ihm in den Augen. Ich konnte mich nicht erinnern, ihn je weinen gesehen zu haben.

»I almost pissed my pants«, stammelte er.

»Just when you'd got them dry.«

Wir lachten, halb vor Schreck noch. Erst jetzt sah ich, dass John zitterte. Ein Nachbeben, dachte ich, nach einer Erstarrung aus Angst.

»You've got to show them who's boss.« Ich erzählte, dass wir früher zu Hause einen Hund besaßen und ich diese Hundeweisheit von meinem Vater gelernt hatte. »And now *you* know it«, sagte ich. »For the rest of your life.«

John nickte. »I suppose so.«

Schweigend gingen wir weiter den Kiesweg entlang und plötzlich überfiel es mich. Die Stille der Nacht bohrte sich in mich hinein, schob dort alle ohrenbetäubenden Eindrücke des Tages beiseite. Übrig blieb ein jungfräulicher Kern. Dieser Kern war ich. Und ich lebte.

Zum ersten Mal im Leben begriff ich, was der Unterschied war. Es gab Sein und Nicht-Sein. Und *ich* war. Ich fühlte es mit jeder Faser meines Wesens. Ich war Bestandteil des fucking Weltalls, und kein Hund – kein village dog – konnte mir das nehmen. Vielleicht war ich kleiner als ein Sandkorn in der Wüste, aber ich war da, ich machte einen Unterschied. Dieser aberwitzige Tag war der Tiefpunkt meines Lebens, aber auch der Höhepunkt. Gleichzeitig. Offenbar ging das.

In Gedanken flog ich zu meiner Schule, zum Philosophieunterricht, ins Frankreich des 17. Jahrhunderts und zu René Descartes.

Je pense, donc je suis. Ich denke, also bin ich. Erst da auf dem

Kiesweg verstand ich diesen Descartes. Vielleicht hatte er es nicht so gemeint – ich weiß nicht mehr so recht, wie Descartes es dem Lehrer zufolge gemeint hatte –, aber ich verstand es einfach.

Es war ein ekstatisches Gefühl, ich hatte Lust, einfach loszuschreien. Ich wollte laut sein, weil es ging. Weil es sein durfte. Weil ich existierte.

Und ich tat es.

»What the hell are you doing?«

Ich reagierte nicht, und während ich weiter die wildesten Töne ausstieß, verließ ich den Weg und rannte wie ein Besessener durch ein Reisfeld.

»Stop yelling man!«, hörte ich John mir hinterherrufen. »You're scaring the shit out of me!«

»I don't care!«, unterbrach ich kurz meinen Freudenschrei.

»What's wrong with you?«

»Nothing!«

»So why are you yelling then?«

»I'm alive!«

»Yes, you are man. So what about it?«

»It's good to be alive!«

John reagierte nicht, rief nicht mehr.

»I exist!«, rief ich. »I motherfucking exist!«

Dieser Augenblick – dort um drei, vier Uhr nachts im Stockdunkeln zwischen den paddy fields auf Sri Lanka – war, wie er sein musste. Ich lebte noch, ich durfte sein. Und es war ein Privileg.

Ich lebe noch!, war auch der erste Gedanke, mit dem ich am nächsten Morgen auf dem Steinfußboden unvermittelt aufwachte. Sofort danach spürte ich den Schmerz. Mein Rücken, mein Hals, meine Seite, die Beine: Alles war hart wie ein Stück tiefgefrorenes Fleisch. Zum ersten Mal in meinem Leben wurde mir der wirkliche Wert eines Bettes klar. Künftig – da war ich mir sicher – würde ich jede herrlich weiche Matratze, auf die ich meinen Körper zur Ruhe legen durfte, mit einem glückseligen Lächeln begrüßen.

Ich bewegte meinen steifen Hals und schaute mich um. Die meisten Leute schliefen; es war auch noch früh. Ich blickte neben mich. John lag anscheinend in einem tiefen Koma. Auf der Nase hatte er einen Mückenstich. Ich musste mal, also stand ich knirschend auf und stolperte hinaus auf den Flur.

Bei der Toilette begegnete ich Elin. Sie sah elend aus.

»How are you doing?«, fragte ich, nur um irgendetwas zu sagen.

Sie zuckte mit den Schultern.

»What's your plan for today?« Sofort nachdem ich ihn ausgesprochen hatte, fand ich den Satz schon genauso dumm wie den davor.

Elin zuckte wieder mit den Schultern. Irgendwann in der Nacht sei sie plötzlich aufgewacht, erzählte sie, von dem Gebell mehrerer Hunde.

Ich schwieg.

In Europa war es zu diesem Zeitpunkt noch Abend, also hatte Elin versucht, ihre Eltern in Schweden mit Gustavs Telefon anzurufen.

»And?«, fragte ich.

»Miraculously it worked.«

»And?«

»My mother told me they're coming.«

»Who?«

»Isabelle's father and brother.«

Ich nickte. Wenn man vierundzwanzig Stunden nach einer tödlichen Flutwelle noch nichts von seiner Tochter gehört hatte, erschien es mir logisch, dass man etwas unternahm.

»And you?«, fragte ich.

»I'll stay with Astrid and Gustav«, sagte Elin. »They'll help me search for Isabelle.«

»Is that what you want?«

»I think so.«

Das schwedische Ehepaar übernahm sie also von jetzt an.

»Good«, sagte ich.

Elin nickte. »Gustav knows a lot of people here.«

»Good«, sagte ich noch einmal.

Wir schwiegen. Ich denke, wir wussten beide nicht mehr so recht, was wir sagen sollten.

»Weren't you on your way to the toilet?«, fragte Elin schließlich.

»Yes.« Ich blieb stehen.

Wieder schwiegen wir. Dann nahm sie mich in den Arm. Erst vorsichtig, wie ein zerbrechliches Spielzeug, danach fester. Elin umarmte mich und die steifen Muskeln in meinem Körper schienen sich sofort zu entspannen. Ich legte meine Hände um ihre Taille, sie die Arme um meine Schultern. Wir standen direkt vor der Toilette, aber einen Moment lang fühlte es sich wieder genauso an wie in den Wellen. In Gedanken stand ich bis zu meinen nackten Hüften im warmen Wasser, auch wenn diese zweite Umarmung deutlich anderer Natur war. Lieber vielleicht. Oder endgültiger.

Währenddessen dachte ich an Stockholm. An einen Nils, Ingmar, Rasmus, Sven oder wie der Junge dort auch heißen mochte. Ob sie noch zusammen sind, wenn Elin wieder zurück ist?

Jemand trat in den Flur und nahezu gleichzeitig – wie ein ertapptes Liebespaar – lösten wir unsere Umarmung.

»So Gustav has a car«, sagte Elin, als wäre sie noch mitten in einer Mitteilung. »We'll leave just after breakfast.«

»Okay.« Ich fragte nicht wohin, vielleicht wollte ich es auch nicht wissen. Aus dem Zimmergesumm vom Abend zuvor hatte ich aufgeschnappt, dass man etwas außerhalb des Dorfes eine Art Leichenhalle eingerichtet hatte. Wahrscheinlich war es am logischsten, erst dort nachzusehen.

Nach dem Frühstück traf eine Nachricht von der Freiwilligenorganisation ein. Charles und Marjorie kamen uns höchstpersönlich holen. Noch an diesem Tag. Sie würden mit ihrem roten Kleinbus aus Colombo losfahren und fragten per SMS, wo genau sie hinsollten. Die Lage des Hauses im Dschungel war unmöglich zu erklären, also vereinbarten wir, dass wir auf der main road unten an der Küste auf den Bus warten würden. Von dort aus würden wir sie dann hinauf in den Dschungel lotsen. Charles und Marjorie schätzten, dass es zwischen acht und neun Uhr abends werden würde. Viel zu spät, um danach noch weiterzufahren. Sie konnten im Haus übernachten, frühmorgens am nächsten Tag würden wir dann in etwa acht Stunden zurück nach Colombo fahren.

»Wir haben Platz für sechs«, schrieben Charles und Marjorie in ihrer letzten SMS. John und ich hatten die Ehre – nein: die Macht –, noch vier weitere Leute auszusuchen.

Alle hatten sehr überzeugende persönliche Argumente für einen Platz im Bus. Flugzeuge mussten erreicht werden, man wurde in Colombo oder im Heimatland erwartet.

»If I'm not back in New York before the end of the week«, warf ein amerikanischer IT-Spezialist namens Matthew in die Waagschale, »I'm definitely fired.«

»Good reason to start something completely different«, sagte John.

Matthew schaute ihn fassungslos an.

»Pack your stuff, mate«, klang es hinter uns. »I'm out of here in fifteen minutes.« Es war Andrew. Er hatte irgendwo ein altes Motorrad aufgetrieben und der IT-Spezialist durfte gern hintendrauf.

»Well ...« Matthew zögerte. »I don't know ...«

Andrew zuckte seine breiten Surferschultern. »Dude, I thought you were in a hurry?«

Matthews Zweifel schwanden, als Andrew von seinem Südamerika-Abenteuer erzählte und kurz darauf sogar einen zusätzlichen Sturzhelm hervorzauberte. Eine Viertelstunde später fuhren sie tatsächlich los.

»So that was Andrew«, sagte ich zu John. Wir standen vor dem Haus und schauten dem knatternden Motorrad hinterher. Andrew und Matthew verschwanden aus dem Blickfeld.

»Remarkable chap«, sagte John.

Wir gingen hinein, wo schon die nächsten Leute zur Abfahrt bereitstanden. Es war offenbar check-out time.

»See you, guys«, sagte Elin.

Wir standen uns zu dritt gegenüber, es fühlte sich unbehaglich an. Zuletzt beschloss sie, John und mir jeweils einen kurzen Abschieds-hug zu geben, der in nichts den beiden Umarmungen von zuvor glich.

Wir begleiteten Astrid, Gustav und Elin nach draußen. Als wir vor dem Auto standen, tauschten wir unsere Telefonnummern für den Fall, dass einer von uns etwas von Isabelle hören sollte. Elin hatte kein Handy mehr, also schrieb Gustav seine Nummer auf die Rückseite eines Kassenbons und gab ihn John.

»We hope to hear from you soon«, sagte ich, sah aber sofort ein, dass es, wenn sie wirklich als Erstes zu der Leichenhalle fuhren, schon wieder ein dummer Satz war. »With good news«, schob ich hinterher, aber das machte es nicht viel besser, sondern betonte nur nochmals den Satz davor.

Es wurde genickt und eingestiegen. Gustav startete den Wagen und dann waren die Schweden fort.

»So that was Elin«, wiederholte John meine Worte.

»Remarkable girl«, sagte ich.

»You mean remarkably sexy.«

Ich nickte. Mein flachsblonder Engel aus Stockholm, das großartige, intelligente Mädchen mit dem gebräunten Gesicht, den blauen Augen, den Sommersprossen um die Nase, dem Grübchen in der rechten Wange und diesen beiden kleinen und stolzen Brüsten, die sich so willig von meinen trunkenen Fingern hatten betasten lassen, steckte für immer in meinem Kopf.

Ein Telefongespräch

Es schellt. Ich schieße hoch. Es ist kurz nach zehn, wir sind erst in einer halben Stunde verabredet. Elin Andersson ist viel zu früh.

Aufstehen von der Couch, denke ich und tue es. Zur Wohnungstür gehen, denke ich und tue es. Normalerweise verschwende ich keinen Gedanken an solch alltägliche Handlungen, aber aus irgendeinem Grund scheint es jetzt, als würde ich von oben auf mich herabsehen und alles, was ich tue, bewusst erleben. Umso eigenartiger ist es, dass ich offenbar vergessen hatte, was für ein abgedrehtes Outfit ich zu diesem Zeitpunkt anhabe. Erst als ich im Flur bei der Tür bin und einen raschen, prüfenden Blick in den großen Spiegel werfe, sehe ich es. Ich trage noch immer ein blutiges Basketballshirt, aber jetzt ist es zu spät, es zu wechseln. Pech gehabt. Ich öffne die Tür.

»Hallo.« Da steht ein Mädchen, und zwar ein schönes. Aber sie ist nicht Elin.

»Ja?«, frage ich.

Das Mädchen schaut an mir vorbei in den Flur. »Ist Mark zu Hause?«

»Nein.«

»Ach.« Das Mädchen bleibt schweigend stehen. Das halbe Land ist in diesem Moment irgendwo draußen und schaut sich Oranje an; trotzdem wirkt sie etwas fassungslos.

»Bist du mit ihm verabredet?«, frage ich.

»Nicht wirklich.«

»Du weißt, dass gerade das Weltmeisterschafts-Endspiel läuft?« Ich zeige mit dem Daumen hinter mich in Richtung Wohnzimmer, wo inzwischen weitergespielt wird.

»Doch«, sagt sie. »Ich war gerade auch auf so einer Party, aber da haben mich alle so angestarrt.«

»Ach?«

»Und dann bin ich in der Halbzeit zu einer anderen Party gegangen«, fährt das Mädchen fort, »aber da war es wieder so. Ich halte das einfach nicht mehr aus!«

Ich muss an das Spiel gegen Uruguay in der übervollen Kneipe denken und an meinen eigenartigen Rückzug auf halber Strecke.

»Was ist denn?« Ich inspiziere das Mädchen. Nichts Besonderes zu sehen. Okay, sie trägt ein Hemdchen in knalligem Orange, aber das ist an einem Tag wie heute eher die Regel als die Ausnahme.

Sie schaut mich völlig erstaunt an. »Willst du behaupten, du weißt nicht, wer ich bin?«

Ich ziehe die Stirn kraus und schüttele langsam den Kopf.

»Wirklich nicht?«

»Nein, tut mir leid. Müsste ich das denn wissen?«

»Du lügst«, sagt sie. »Das ganze Land hat mich gesehen.«

»Aber ich bin nicht das ganze Land.«

Plötzlich beginnt das Mädchen zu weinen. Sie neigt sich vor und drückt den Kopf an meine Basketballbrust. »Ich habe so die Nase voll!«, klingt es durch ihre Tränen.

Ich weiß wirklich nicht, was ich damit anfangen soll. Im Wohnzimmer läuft die Weltmeisterschaft und in einer halben Stunde werde ich zum ersten Mal nach mehr als fünfeinhalb Jahren Elin Andersson wiedersehen. Wer ist dieses Mädchen? Warum weint sie?

»Möchtest du drinnen auf Mark warten?«, höre ich mich aus irgendeinem dummen Grund fragen.

Das Mädchen hebt langsam den Kopf. »Glaubst du, er kommt noch?«

Gewinnen wir, wird Mark sicher ein fröhliches Besäufnis anschließen. Verlieren wir, wird er seinen Kummer wahrscheinlich hinunterspülen wollen. Es sind zwei ganz verschiedene Dinge, aber im Grunde läuft es auf dasselbe hinaus, und in beiden Fällen ist die Wahrscheinlichkeit gering, dass Mark unsere Wohnung als den geeignetsten Ort dafür betrachtet.

»Bestimmt«, antworte ich. Ein weinendes Mädchen auf die Straße zurückzuschicken ist keine Option.

Wir gehen hinein. Mein unerwarteter Gast hat aufgehört zu weinen. Sie setzt sich, ohne dass ich etwas gesagt hätte, auf die Couch, direkt neben meinen Laptop, den ich, als es schellte, in der Eile auf den frischen Blutfleck gestellt hatte. Schnell nehme ich die Dose und die Flasche von dem Couchtisch vor ihr weg und frage, ob sie etwas trinken will. In Johannesburg wird unbeirrt weitergespielt. Es steht nach wie vor 0:0, so habe ich jedenfalls kein Tor verpasst. Die Situation ist mal wieder typisch: Gerade jetzt, wo der Abend auf seinen Höhepunkt zusteuert, habe ich dieses wildfremde Mädchen am Hals.

»Ja, gern.« Sie schaut mich kurz an und starrt danach wieder interessiert auf den Fernseher. »Hast du Wein?« Dem Augen- und Ohrenschein nach ist sie schon nicht mehr gar so traurig.

Ich verschwinde in die Küche, öffne den Kühlschrank und stelle fest, was ich eigentlich schon gewusst habe. »Ist Bier auch in Ordnung?« Dabei fällt mir ein, dass ich noch überhaupt nicht weiß, wie sie heißt.

»Ja, gut«, erklingt es.

Ich nehme zwei Flaschen, mache die obligatorischen Striche und gehe wieder ins Wohnzimmer. »Ich bin übrigens Pieter«, sage ich und reiche ihr eine Flasche.

Das Mädchen streckt die Hand aus; ich bin mir unsicher, ob nach dem Bier oder zur Bekräftigung unserer Bekanntschaft. Ich beschließe, die ausgestreckte Hand zu schütteln.

»Sanne«, sagt sie.

O Gott, jetzt weiß ich, wen ich mir da ins Haus geholt habe. Es ist das Mädchen aus Marks Arbeitsgruppe, die von dem Video im Internet. Ich muss mich beherrschen, um nicht kurz mal eben auf ihre Brüste zu schielen. »Mark und du, seid ihr befreundet?«, frage ich.

Sanne zuckt mit den Schultern. »Irgendwas in der Art«, sagt sie, und durch die Art, wie sie es sagt, bin ich mir fast sicher, dass Mark Sex mit ihr hatte.

Dieser Mark. Da redet er mit jedem über dieses Video, verschweigt dabei aber, dass er die Brüste nicht nur im Bild, sondern auch im Bett gecheckt hat.

»Hat er nichts von mir erzählt?«, fragt Sanne.

Ich tue, als müsste ich wahnsinnig darüber nachdenken. »Nein, nicht, dass ich wüsste.«

»Auch keine verrückten Sachen?«

»Habe ich vielleicht etwas verpasst?«

Sanne schüttelt den Kopf. »Schon gut«, sagt sie. »Mark ist lieb.«

Ich erwidere nichts. Nachdem die halbe Welt Sannes Brüste online bewundern konnte und sie bei näherer Betrachtung doch nicht so glücklich darüber war, hat Mark ganz bestimmt einen seiner starken Arme um sie gelegt. Vermutlich hat er dieses naive Mädchen nach ihrem peinlichen Videodebüt trösten wollen. Ich weiß sehr genau, was Mark unter Trösten versteht. Wenn diese Sanne wüsste, wie noch vor nicht mal anderthalb Tagen in haargenau diesem Zimmer vier Studenten am Frühstückstisch über sie gelacht haben!

»Entschuldige.« Ich bücke mich an Sanne vorbei, und während ich mein Handy von der Fensterbank nehme, werfe ich einen raschen Blick auf ihr orangefarbenes Hemdchen. Wenig zu sehen. »Ich muss mal kurz telefonieren.«

Mal kurz telefonieren. So klingt es viel lockerer, als es für mich in Wirklichkeit ist.

»Ist gut«, sagt Sanne. »Mit Elin?«

»Was?!«

»Rufst du Elin an?«

»Woher weißt du, wer das ist?«

Sanne nimmt den Briefumschlag, der vor ihr auf dem Tisch liegt. *Elin* steht darauf und darunter die schwedische Mobilfunknummer. Sanne gibt ihn mir. »Oder kennst du sie schon auswendig?«

»Ja«, sage ich. »Ich meine, nein. Danke.«

Ich gehe mit dem Umschlag und meinem Handy aus dem Zimmer. In der Küche schalte ich mein Telefon an und tippe die Nummer ein. Es klingelt. Ich räuspere mich, räuspere mich nochmals. Schlucke etwas runter, was überhaupt nicht da ist.

»Pieter?«

»Hai. Yes. Ja, meine ich. Hallo. Elin?«

»Hej hej!«

Mein Gott. Diese Stimme, diese engelsgleiche Stimme! Natürlich hatte ich sie sofort schon erkannt, aber irgendwie dachte ich auch noch an die winzige Möglichkeit eines extrem albernen Schabernacks. Es hätte sein können, dass einer meiner Mitbewohner sich auf Facebook als Elin ausgegeben hatte, um mich zu verarschen. Ein Studentenscherz, über den, nachdem ich darauf hereingefallen war, am Frühstückstisch lauthals gelacht werden würde.

Aber jetzt bin ich mir ganz sicher, dass sie es wirklich ist. Hej hej, sagte sie, die schwedische Begrüßung, die so viel netter klingt als das holländische »hoi«. *Hej hej*. Niemand auf der ganzen Welt kann die zwei kleinen, simplen Wörtchen so aussprechen wie Elin gerade mir gegenüber.

»Bist du noch da?«, fragt sie mit einem bewundernswert geringen Akzent.

»Nein, entschuldige, ja, nein. Ich bin da. Ja. Grüß dich.« Ich weiß, dass ich mich bescheuert anhöre, aber ich kann es nicht ändern. Ein kleines, nicht vorhandenes Männchen zerpflückt meine kunstvollen Sätze, bevor sie meinen Mund verlassen, zu einer unzusammenhängenden Reihe von Wörtern.

»Noch immer keine Punkte, nicht?« Es ist merkwürdig, sie so gut Niederländisch sprechen zu hören. »Ich meine, für die Niederlande und Spanien.«

»O ja, nein, das, ja.« Wäre nett, wenn ich meine Sätze ab jetzt wieder einigermaßen unter Kontrolle haben könnte. »Keine Tore, nein«, sage ich. Ein ganzer Satz mit drei Wörtern. »Es wird allmählich spannend.« Vier Wörter, das Männchen scheint verschwunden zu sein.

»Was, wenn kein einziges Tor fällt?«, fragt Elin.

»Dann geht es in die Verlängerung«, antworte ich. »Zwei Mal eine Viertelstunde. Und wenn es dann immer noch unentschieden steht, gibt es ein Elfmeterschießen.«

»Ja, das verstehe ich.« Elin lacht kurz; ich erkenne dieses Lachen. Es klingt noch genauso ansteckend und sexy wie früher. »Ich weiß nicht viel von Fußball«, sagt sie, »aber das schon! Ich meine eigentlich, ob du mich vielleicht lieber später sehen willst?«

Elin gibt mir den Joker, den Freibrief. Wenn ich will, kann ich das Finale bis zur letzten Sekunde aussitzen. »Nein«, sage ich. »Halb elf ist prima, aber ich dachte, vielleicht können wir uns woanders verabreden?« Gut möglich, dass ich mich gerade selbst um den Fußballhöhepunkt meines Lebens gebracht habe. Es ist mir glaube ich sogar einigermaßen egal.

»Nicht bei dir zu Hause? Ja, ist gut. Weißt du einen Ort?«

Wie dumm, darüber habe ich vorher gar nicht nachgedacht. Wirklich gute Orte in Amsterdam gibt es im Augenblick natürlich kaum. Alles schwimmt in einem Meer von Orange.

»Wir können uns auch bei mir treffen, wenn du willst«, schlägt Elin vor.

»Gut. Wo ist das?«

»Mein kleines Hotel. Ziemlich schön und ruhig. Und es gibt eine Bar. Da war ich gerade mit dir auf Facebook.«

Elin nennt ein Hotel in einer Straße in Oud-Zuid, direkt am Vondelpark. Es hört sich schick an. Ich schätze, mit dem Rad sind es weniger als zehn Minuten.

»Du bist sicher, du kommst um halb elf?« Elin gibt mir zum zweiten Mal eine Fluchtmöglichkeit.

»Ja«, antworte ich, »sicher.«

»Schön. Bis nachher.«

»Gut. Bis gleich.«

Wir legen auf.

Sanne schaut noch nicht mal hoch, als ich wieder ins Wohnzimmer komme. Hat sie mein Gestotter am Telefon gehört?

»Ich muss gleich weg«, sage ich.

»Ach?«

»Du kannst gern hierbleiben, wenn du willst.«

»Schön.« Mein bevorstehender Aufbruch scheint ihr wenig auszumachen. Ich hoffe, Mark nimmt mir das nicht übel.

Zusammen mit Sanne schaue ich mir die letzten Minuten der regulären Spielzeit an. Ich kann mich nicht erinnern, wann ich zum letzten Mal nur mit einem Mädchen Fußball geguckt habe. Sie reagiert nicht ein Mal auf das Spiel oder auf andere Dinge, die einem Mädchen, das Fußball guckt, auffallen könnten. Nicht auf die Hosen, die Shorts, die Frisuren.

»Ist Elin deine neue Freundin?«, fragt Sanne aus dem Nichts nach mehr als zwei Minuten Schweigen und Gucken.

»Nein.«

»Ach.« Wir schweigen und schauen weiter; dann sagt sie: »Aber du willst, dass sie deine Freundin wird?«

»Das weiß ich nicht.«

»Ich schon.«

»Tatsächlich?«

»Du bist nervös«, sagt Sanne.

»Kommt durch das Spiel.«

»Unsinn. Du gehst gleich weg, obwohl es noch nicht zu Ende ist.«

Sie hat recht. Gut dreiundneunzig Minuten sind verstrichen. Casillas, der spanische Torwart und Mannschaftskapitän, der vor einer knappen halben Stunde, Auge in Auge mit Arjen Robben, die Torparade seines Lebens hingelegt hat, schießt den Ball vom Boden ab. Schiedsrichter Webb schaut auf seine Uhr und bläst dann zweimal lange in seine Pfeife. Die reguläre Spielzeit ist um, kein Tor ist gefallen. Die Welt hat noch immer keinen Weltmeister, also geht es in die Verlängerung.

»Ich muss weg.« Ich erhebe mich von der Couch. »Du kommst zurecht, ja?«

Sanne nickt. »Mach dir um mich keine Sorgen«, sagt sie. »Viel Spaß.«

»Danke.«

»Und viel Erfolg.«

»Ja, danke. Nimm dir, was du magst, ja? Obwohl, eigentlich gibt es nur Bier.«

»Ja, prima.«

Ich bin schon draußen im Flur, als Sanne mir noch etwas Unverständliches hinterherruft.

»Was hast du gesagt?«, rufe ich zurück.

»Ich habe noch einen Tipp für dich!«, wiederholt sie.

»Und der wäre?«

»Zieh dir ein sauberes T-Shirt an!«

Verlängerung

Wärrie, wärrie dähndscherus

Drei Spanier und eine Israelin: Ana, Miguel, Felipe und Roni waren die Auserwählten für den Kleinbus und durften zusammen mit uns nach Colombo. War es Willkür? Ein bisschen vielleicht. Ana und Miguel waren ein süßes und witziges Paar, ihr Landsmann Felipe reiste schon eine ganze Woche zusammen mit ihnen umher und Roni war John zufolge – und ich konnte ihm nicht unrecht geben – unabweisbar attraktiv.

»You think that's a good reason to pick her?«, fragte er.

»Absolutely.«

John lächelte. Als ob wir nicht beide gleichermaßen wussten, dass es gute Gründe zu diesem Zeitpunkt nicht gab.

Miguel war ein Fußballnarr. Seiner Meinung nach war Spanien das beste Fußballland der Welt. Ich fragte ihn, warum ihre Nationalmannschaft dann nie mal eine EM oder WM gewann. Diesen Sommer, bei der EM in Portugal, war es trotz aller turmhohen Erwartungen doch auch wieder schiefgegangen, als Spanien in der Gruppenphase von dem späteren Europameister Griechenland aufgrund der Tordifferenz ausgeschaltet wurde.

»They're not a team«, sagte Miguel. Es seien Spieler aus Katalonien, dem Baskenland und Andalusien, dazu noch die Stars aus dem großen und reichen Madrid. Sie spielten allesamt für ihr eigenes Stückchen Land, sagte Miguel, und nicht für ganz Spanien.

»So Spain will never win the world cup?«, schlussfolgerte ich.

Miguel schüttelte heftig den Kopf. »One day«, prophezeite er, »with the right coach, we will know how to play as one team.«

Ich lächelte. »One day?«

»Sooner than you think.«

»Is that right?«

Miguel meinte ja: »In less than ten years, Spain will win the European *and* the world championship.«

»You're a funny guy«, sagte ich.

»Wanna bet?«

Klar doch, ich wollte durchaus wetten. Mit Spanien war es wie mit den Niederlanden, dachte ich. Auf dem Papier hatten sie immer eine großartige Fußballmannschaft, aber wenn es darauf ankam, gewann sie nie die Pokale. Ausgenommen, genau wie die Niederlande, ein Mal eine kleine Meisterschaft in längst vergangenen Zeiten. Es erschien mir besonders unwahrscheinlich, dass sich das in den kommenden zehn Jahren von Grund auf ändern sollte. Die EM und die WM gewinnen? Das war, als ob ein Niederländer mit dem gelben Trikot in Paris einfahren und ein anderer Niederländer im selben Jahr den Titel in Wimbledon einheimsen würde. Nicht mehr also als eine Traumvorstellung, dachte ich, eine Fantasie. Diese Wette wagte ich einzugehen. Wenn ich gewann, würde ich ganz gepflegt nach Spanien fliegen und Miguel nähme mich mit zum FC Barcelona. Gewann Miguel, würde er auf meine Kosten in die Niederlande kommen und ich nähme ihn zu Ajax mit.

In fünfeinhalb Jahren kann sich vieles ändern. In einer halben Stunde könnte Miguel tatsächlich recht bekommen und ich schulde ihm dann eine Reise.

Es war ein langer, merkwürdiger Tag. Ich wusste, dass wir im Haus von Ravindu und Anuradha sicher waren, aber irgendwie konnte ich die körperliche Spannung in mir nicht abschütteln. Je näher der Moment kam, dass wir wieder nach unten mussten, desto ruheloser fühlte ich mich.

John und ich beobachteten auch schon den ganzen Tag unser selbst zusammengebasteltes Handy. Jede Viertelstunde gingen wir nach draußen, um zu sehen, ob eine schwedische Nachricht einträfe, und jede Viertelstunde klopfte mein Herz dann wieder wie rasend. Noch immer gab es nichts Neues. Ich wusste nicht, was ich davon halten sollte.

Endlich war es Zeit, den roten Kleinbus abzuholen. Die Spanier boten uns an mitzukommen; vielleicht fühlten sie sich dazu verpflichtet, weil sie am nächsten Tag mit uns mitfahren durften.

»That won't be necessary«, sagte ich, aber Felipe bestand darauf.

»All right then.«

Ana und Miguel blieben oben im Haus. Zu dritt und mit ebenso vielen Taschenlampen begannen John, Felipe und ich mit dem Abstieg. Mit jedem Schritt, den wir dem Meer näher kamen, klang das Tosen lauter und böser. Es war nach wie vor entfesselt.

John und ich schwiegen, Felipe tat alles, um die Schwärze der Nacht mit seiner Stimme zu füllen. Ich denke, er fürchtete sich im Dunkeln.

»What if the car doesn't arrive?«, fragte Felipe.

Ich reagierte nicht, John auch nicht. Oder vielleicht mit einem Schulterzucken, aber das war in der Dunkelheit nicht zu sehen.

»I hope they come soon«, sagte Felipe.

»Oh you do?«, reagierte John in dem für ihn so typischen Ton, von dem ich nie ganz sicher wusste, ob es Sarkasmus war oder einfach nur britisch.

Nach einer knappen Stunde waren wir unten an der main road. Bis auf die Scheinwerfer einiger vorbeifahrender Autos war es mordsmäßig dunkel. Der Meereslärm machte mich nervös. War das Wasser noch die ganze Zeit so wild gewesen oder stand wieder etwas bevor?

Wir blieben an der Ecke der Abzweigung stehen, dem vereinbarten Treffpunkt. Handyempfang gab es nicht, aber hier mussten sie uns einfach sehen.

Auf der großen Straße kamen Pick-ups vorbei, voll beladen

mit Menschen. Aus Lautsprechern auf den Geländewagen klang es gebieterisch. Alle sollten die Gegend verlassen, wurde gerufen, eine neue Welle schien im Anzug zu sein.

Ein voller Pick-up fuhr an uns vorbei. Ich nahm Augenkontakt auf mit den verängstigten Einheimischen auf der Ladefläche. Sie starrten uns an, begriffen nicht, was wir hier noch machten. Ich verstand es selbst auch nicht, wurde immer nervöser.

Ein nächster Pick-up fuhr an uns vorbei und hielt. Jemand rief uns etwas auf Singhalesisch zu. John schaute hilflos zu mir.

Das Dorf, in dem wir unterrichtet hatten, hatte zwei Seiten. Wenn wir unser Haus verließen und nach links gingen, kamen wir ins Singhalesenviertel. Gingen wir nach rechts, landeten wir bei den Moslems. Egal welche Richtung wir einschlugen, fast niemand dort sprach Englisch. Das zwang uns, neben der Gebärdensprache das Singhalesische und das Tamil möglichst schnell einigermaßen in den Griff zu bekommen, aber schon bald zeigte sich, dass John dafür längst nicht so viel Geduld hatte wie ich.

»He's asking if we want to come with them«, erläuterte ich ihm und Felipe. »He says it's very dangerous here.«

Von dem Pick-up aus wurde dies bestätigt. »Wärrie dähndscherus!«, klang es. »Wärrie, wärrie dähndscherus!«

Mit Mühe erklärte ich in sehr gebrochenem Singhalesisch, dass wir auf jemand warteten. Der Mann in dem Auto guckte erstaunt. Verstand er mich? Dann wurde dem Fahrer etwas Unverständliches zugerufen und der Pick-up fuhr weiter.

»Do you guys think it's safe here?«, fragte Felipe.

»No I don't«, sagte John entschieden. »What do you think, Pete?«

Ich beschrieb die Unruhe in meinem Körper, ein Gefühl, das wir offenbar alle drei teilten.

»Let's go back«, sagte Felipe.

»Not yet«, sagte ich. »They'll be here soon, I can feel it.« Das stimmte so nicht ganz, ich empfand lediglich diese immer größer werdende Unruhe.

Wir warteten eine Viertelstunde. Dreißig Minuten. Eine Stunde. Noch drei Pick-ups voll verängstigter Einheimischer hielten, um uns mitzunehmen. Durch die Schwärze des Abends und die Schwärze ihrer Gesichter schienen auf den Pick-ups nur weiße Augenpaare zu sitzen. Es sah merkwürdig aus, fast surreal. Wenn ich malen könnte, dachte ich, wäre das meine Art, Angst darzustellen. Weiße Tupfer im Dunkeln.

»Maybe they can't find us«, sagte John. »Or maybe we were too late.«

Es störte mich, dass er das aussprach. Wenn selbst John Zweifel bekam, gab es wirklich Grund, sich Sorgen zu machen.

»I'm going back«, sagte Felipe.

Wir warteten schon fast anderthalb Stunden. Felipe hatte nicht ganz unrecht. Ich hatte mir in den letzten zwanzig Minuten bereits drei verschiedene Fluchtrouten für den Fall ausgedacht, dass uns das Wasser plötzlich überfiel. Ich konnte zu einem Haus, eine Treppe hoch oder auf der Straße landeinwärts rennen. Aber ich hatte keine Ahnung, ob ich auch auf das Haus hinaufkäme, ob die Treppe hoch genug war und ob die Geschwindigkeit, mit der ich rannte, die des Wassers schlagen würde. Was machten wir hier noch? Wir waren verrückt.

»We'll wait for just another ten more minutes«, sagte ich. »Then we'll go back. Okay?«

John und Felipe waren einverstanden. Wir warteten weitere zehn Minuten. Zwei weiße Pick-ups und ein kleines, schwarzes Auto fuhren vorbei. Unser roter Kleinbus war nirgendwo zu sehen.

»Time's up«, sagte John.

Er machte Anstalten zu gehen; Felipe ging sogar schon hinauf in Richtung Dschungelpfad.

»Wait!«, rief ich. »If it's not the third car from now we'll leave. Only three more cars. Deal?«

Ich fühlte mich ganz fürchterlich unruhig, aber irgendwie fühlte ich auch, dass wir nicht weggehen sollten. Ich war felsenfest davon überzeugt, dass unser roter Bus eine Minute nachdem wir gegangen wären, vorbeifahren würde. So lief das meistens in solchen Fällen.

Wir vereinbarten es so, wie ich es vorgeschlagen hatte. Noch drei Autos, danach waren wir weg. Deal.

Es dauerte lange, bevor das erste kam; die Straße wurde immer leerer. Es war wieder ein weißer Pick-up.

»One down, two to go«, sagte John.

Das zweite Auto kam ziemlich schnell hinterher. Dazwischen lagen nur einige Minuten. Es war ein grauer Kleinbus, kein roter.

»Two down«, sagte John.

»One to go«, sagte Felipe.

Wir warteten. Ich konnte mich nicht erinnern, mich jemals so unruhig gefühlt zu haben. Während der Katastrophe hatte ich mich hauptsächlich im Überlebensmodus befunden und der Stress beim Abitur war nicht halb so schlimm gewesen.

Wir warteten länger und länger. Wir warteten sehr, sehr lange.

»I can see something!«, rief Felipe.

Wir spähten die Straße entlang und ja, es stimmte. In der Ferne tauchten zwei Scheinwerfer auf. Sie waren unsere letzte Chance.

Glück, Zufall, Vorsehung? Worum es geht, ist, dass Millionen kleiner Ereignisse zusammen dafür sorgen, dass die Dinge laufen, wie sie laufen. Und wie man das dann nennt, ist mir eigentlich nicht so wichtig.

Ein Junge mit einem Mädchennamen

Dämmerung herrscht, in der Stadt ist kaum Verkehr. Ich radele durch eine gepflegte Straße mit gepflegten Häusern, vorbei an gepflegten Autos vor gepflegten Türen. Willkommen in Oud-Zuid.

Ein elegantes gusseisernes Schild hängt über einem dunkelgrün gestrichenen Zaun, der einen schön angelegten Garten von dem breiten Gehweg trennt. HÔTEL AU BON GOÛt, lese ich. Ich bremse, steige ab. Hier bin ich richtig.

Das Rad an den Zaun und abschließen, denke ich und tue es. Über den Gartenweg zum Eingang gehen, denke ich und tue es.

Kurz vor dem Betreten des Hotels überfallen mich wieder gnadenlose Zweifel. Was habe ich mir eigentlich die ganzen Jahre eingebildet? Was in aller Welt ist in mich gefahren, so gespannt und erwartungsvoll hierherzuradeln? Ich *kenne* Elin Andersson doch gar nicht und sie mich ebenso wenig. Ob wir uns überhaupt wiedererkennen würden? Plötzlich bin ich mir ganz sicher: Ich hätte einfach zu Hause bleiben und mir das Spiel ansehen sollen. Dieses Treffen wird auf ein gigantisches Fiasko hinauslaufen. Aber jetzt bin ich schon hier und kann unmöglich noch zurück. Gut, dann auf *ein* Getränk, kurz Hallo sagen und schnell wieder weg. Ich versuche, mich zu beruhigen, aber es gelingt mir nicht. Der Deckel des verschlossenen Kästchens beginnt beängstigend zu klappern.

Ich drücke die schwere Hoteltür auf und stehe vor einem imposanten hölzernen Empfangstresen. Dahinter ist niemand, alle gucken natürlich Fußball. Auf dem Tresen steht so eine Hotelklingel aus Messing. Soll ich drücken? Stattdessen gehe ich weiter in Richtung der Geräusche, die durch zwei halb offen stehende gläserne Schiebetüren herüberwehen.

»Hej hej.«

Ich erschrecke, drehe mich um. Auf der Treppe, vier Stufen über dem Boden, steht ein Engel. Der Gedanke, sie womöglich nicht wiederzuerkennen, war total absurd. Sie trägt eine abgewetzte helle Jeans mit schwarzweißen Turnschuhen darunter. Über der Hose schimmert eine weiße, seidige Bluse. Der Kragen kommt mir schwedisch vor. Ist vielleicht Unsinn, aber so kommt es mir vor. Warum, weiß ich nicht genau.

»Hej hej«, antworte ich, und ohne dass ich es will, hebe ich die Hand. Ich winke einem Mädchen zu, das keine zwei Meter von mir entfernt dasteht. Bestimmt hält sie mich jetzt für gestört.

Elin lächelt mich an, hebt ebenfalls die Hand und kommt die Treppe herunter. Als sie vor mir steht, sehe ich, dass die Zeit sie all die Jahre hindurch vollkommen in Ruhe gelassen hat. Elins Gesicht ist weniger gebräunt als beim letzten Mal, als ich es geküsst habe, aber in Stockholm macht die Sonne ja auch wenig her. Ihre Augen sind noch genauso blau, die Sommersprossen um ihre Nase noch genauso sexy und das Grübchen in ihrer rechten Wange – wenn sie lächelt oder lacht – ist noch genauso tief und fröhlich. Ich spüre, wie ein flatterndes Schmetterlingsblümchen in meinem Bauch mit tropischer Geschwindigkeit in die Höhe wächst.

»Wie schön, dich zu sehen«, sagt sie mit dem Grübchen. Ich unterdrücke die Neigung, mit dem Finger hineinzustechen. Elins Wange zu streicheln, ihr Haar. Ihre Brüste. Sind die etwas größer geworden oder bilde ich mir das bloß ein?

»Was hast du da am Auge?«, fragt Elin.

»Wie bitte?«

Sie zeigt auf mein Gesicht; die Spitze ihres Engelfingers berührt mich ganz leicht an der Schläfe. Eine etwas längere Berührung und der Schnitt wäre verschwunden wie Schnee in der Sonne.

»Ach, das«, sage ich, während ich selbst achtlos darüberstreiche. »Das ist nichts.«

Jetzt müssen wir uns physisch begrüßen, das gehört sich so. Ich beuge mich mit meinem sauberen T-Shirt zu ihrer Bluse herab. Drei Küsschen, zwei, nur einer? Sie nimmt mich und umarmt mich. Ja, das ist gut; natürlich, da waren wir stehengeblieben. Elin riecht noch genauso göttlich.

»Dorthin?« Sie zeigt auf die Glastüren, hinter denen sich zweifellos die Bar versteckt.

Wir gehen auf die Geräuschkulisse zu; es ist Stadionlärm. In der Bar – eigentlich ist es eher ein Herrenzimmer – sitzt ein Mann mittleren Alters in einem großen Ledersessel. Einem Fauteuil, wie man das an Orten wie diesem nennt. Mit einer dicken Zigarre im Mund beobachtet er von dort aus das Spiel auf einem Flachbildfernseher in der Ecke. Ich schaue mit ihm mit; das Spiel ruht für einen Moment. Nigel de Jong, der Attentäter von früher am Abend, wird gegen Rafael van der Vaart eingewechselt. Es steht immer noch 0:0.

»Viktor?«, fragt Elin. »Dürfen wir was trinken?«

Der Mann, der demnach Viktor heißt, legt seine Zigarre auf einen goldglänzenden, aschenbecherähnlichen Teller auf dem Salontisch neben sich und erhebt sich aus seinem knarrenden Ledersessel. Ich hätte ihn nicht auf Anhieb so eingeschätzt, aber offenbar gehört er zu dem Hotel. Elin bestellt Rotwein, ich schließe mich ihr an.

»Aus Spanien«, sagt Viktor, als er zwei Gläser vor uns auf die Bar stellt. »Lässt sich aber prima trinken.«

Elin lächelt. Wenn man sogar die Witze versteht, beherrscht man eine Fremdsprache wirklich gut. Viktor nimmt wieder vor dem Fernseher Platz und zündet sich nochmals seine Zigarre an. Elin und ich setzen uns an die Bar.

»Willst du zuschauen?«, fragt sie in gedämpftem Ton, sodass Viktor es wahrscheinlich gerade nicht mehr verstehen kann.

»Was?«

Elin zeigt auf den Fernsehschrank in der Ecke. »Du darfst, wenn du willst.«

Mit Fußball im Fernsehen ist es immer dasselbe. Egal, ob es nun das WM-Finale oder ein unbedeutendes Spiel aus der litauischen Zweitliga ist: Sobald es gesendet wird, muss ich das Spiel irgendwie verfolgen, werden meine Augen quasi automatisch dorthin gezogen.

»Nein«, sage ich. »Es ist nicht wichtig.«

»Doch«, sagt Elin. »Der Spiel ist gleich vorbei und du willst es doch sehr gerne sehen, oder? Ich schaue auch gern mit.«

Bis heute konnte ich mich nicht erinnern, wann ich zum letzten Mal nur mit einem Mädchen Fußball geguckt habe. Und jetzt gleich zwei Mal innerhalb einer Viertelstunde. Aber im Gegensatz zu Sanne hat Elin das andauernde Bedürfnis, etwas zu sagen; wenn nicht über das Spiel, dann über sich oder mich. Während sie spricht, spielen ihre Hände mit einem Bierdeckel herum, der vor uns auf der Bar liegt. Dem Augen- und Ohrenschein nach ist Elin ebenso nervös wie ich, und irgendwie beruhigt mich genau das wieder ein klein wenig.

»Schöne Stadt«, sagt Elin. »Amsterdam. Wohnst du schon lange hier?«

Ich erzähle, dass ich hier bereits einige Jährchen mit meinem Politologiestudium ringe.

»Interessant.«

»Ja«, sage ich. »Ziemlich. Und du?«

»Kein Studium«, sagt Elin, während sie den Bierdeckel durchbiegt. »Ich hatte andere Dinge zu tun.«

»Was für Dinge denn?«

»Just things.« Weiter will sie sich anscheinend nicht dazu äußern. »Aber irgendwann will ich gern *konsthistoria* studieren, art history. Was ist im Niederländisch das Wort dafür?«

»Kunstgeschichte.«

»Ja, das.«

»Schön«, sage ich.

Wir schweigen beide einen Moment. Elin reißt den geknickten Bierdeckel entzwei.

»Schon verrückt«, sage ich schließlich. »Dass wir uns in meiner Sprache unterhalten können, meine ich.«

Sie nickt. Die zwei Hälften des Bierdeckels liegen bereit, um in kleine Stücke gerissen zu werden. Ich verstumme wieder, nehme einen Schluck von meinem Wein. Er schmeckt bitter, eklig eigentlich. Ich bestelle nie Wein, immer Bier oder was Nicht-Alkoholisches.

»Tut mir leid, dass wir uns ausgerechnet heute sehen«, sagt Elin. Eine Hälfte des Bierdeckels muss dran glauben.

»Wie meinst du das?«

»Beim Fußballendspiel.«

»Ach, das macht nichts.«

Elin fragt, warum ich mir das Spiel nicht mit Freunden oder Verwandten angeschaut habe. Ich erläutere meinen Leitsatz in Bezug auf derlei Abende, das ach so erwünschte Alleinsein. Die Verlängerung plätschert währenddessen wenig nervenaufreibend vor sich hin.

»Warum bist du dann hier?«, fragt Elin.

Ich könnte ihr erzählen, dass der Lockruf eines Engels auch nach all den Jahren noch immer unwiderstehlich für mich war. Ich zucke mit den Schultern.

Elin lächelt, der Bierdeckel ist mittlerweile völlig zerfitzelt. »Ich bin froh, dass du da bist«, sagt sie.

»Ich auch.«

Wir schauen wieder dem Spiel zu. Die erste Hälfte der Verlängerung ist fast zu Ende. Mannschaftskapitän Van Bronckhorst verlässt hinkend den Platz, ersetzt wird er von Edson Braafheid. Wenn ich mich nicht irre, ist das die letzte Wechselmöglichkeit für die Niederlande.

Ich lasse den Blick durch den Rest des Raumes schweifen. Geschmackvoll. Es ist das Wort, das auf alles um mich herum zutrifft. Die Möbel, die Tapete, die Vorhänge, die Bilder an der Wand. Das alles wurde sorgfältig überlegt, jedes Detail stimmt. Ich habe keine Ahnung, wovon Elin das hier bezahlen kann, aber ihre Anwesenheit in dieser Umgebung wirkt völlig selbstverständlich.

»Schön hier«, sage ich.

»Kennst du Gustav noch?«, fragt Elin.

Ja, ich weiß noch, wer das ist.

»Viktor ist sein Bruder.«

»Der Mann dort?« Ich nicke in Richtung Sessel.

Elin nickt auch. »Er hat das Hotel schon seit Jahren«, sagt sie. »Schwedische Freunde bekommen Rabatt.«

»Und du bist so ein Freund?«

»Ein bisschen.« Elin scheint etwas zu zweifeln. »Ich spreche Gustav und seine Frau Astrid manchmal noch. Gustav war ein … wie nennt man das?«

»Kollege deines Schwiegervaters«, platzt es aus mir heraus.

Elin versteht mich nicht. »Was sagst du?«

»Er kannte den Vater deines Freundes.« Ich bin mir nicht sicher, warum ich das sage. Vielleicht liegt es ja an dem langweiligen Spiel, vielleicht muss jetzt was passieren. Als ob ich zum Angriff übergehe.

»Bist du böse?«, fragt Elin, die es natürlich sofort mitbekommt.

»Nein.«

»Du klingst ein bisschen böse.« Elin nimmt meine Hand. Ein göttliches Prickeln schießt mir durch den Körper; gleichzeitig ärgert mich die unverfrorene Geste.

»Hast du einen Freund?«, schleudert mein Mund hervor.

»Jetzt?«

»Ja.«

»Nein«, sagt Elin. »Warum fragst du das?«

»Weil du damals doch einen hattest.«

»Was meinst du?«

»Damals auf Sri Lanka.«

»Hat Gustav das erzählt?«

Ich schweige. Elin schaut mich fragend an.

»Das heißt, du hattest damals tatsächlich einen Freund?«, frage ich.

»Halb.«

»Halb, was bedeutet das denn schon wieder?«

»Ich war mit einem Freund, ja. Das stimmt. Aber vor der Reise wir hatten den Deal miteinander, dass alles passieren kann.«

Ja, also auch Sex im Meer mit irgendeinem Typen aus Holland. Ich kenne solche Vereinbarungen. Von Pärchen aus der Schule, die sich für eine Weile trennen, beide mit der halben Welt schlafen und anschließend einen halbherzigen Versuch unternehmen, wieder zusammenzufinden.

»Und wie heißt er«, frage ich, »dein Ex?«

»Kim.«

»Kim ist ein Mädchenname.«

»Nein, bei uns nicht.«

»Ach, bei euch nicht. Und lief was zwischen Kim und dir, als du zurückkamst? Wart ihr wieder zusammen?«

»Ja.«

»Ha, typisch. Wie lange, ab damals?«

»Fast drei Jahre.«

Ich erschrecke leicht. So lange also noch. »Und wusste dein Kim, dass es mich gegeben hatte?«, frage ich.

»Wie meinst du?«

»Wusste dein Freund, was wir da auf Sri Lanka miteinander gemacht haben?«

»Pieter, du klingst so böse.«

»Na?«

»Nicht böse sein, bitte.«

Ich habe keine Ahnung, was in mich gefahren ist, aber es stimmt. Ich spüre eine intensive Wut. Nicht auf Elin, natürlich auch nicht auf diesen Kim. Ist es auf die Welt? Auf mich? Ich hasse den Gedanken, dass der Engel Elin mehr als die Hälfte der vergangenen fünfeinhalb Jahre mit irgendeinem jungen Schweden mit einem Mädchennamen verbracht hat. Ja, genau das ist es. Eine lächerliche Form heftiger Eifersucht. Mir wird fast übel davon und zugleich finde ich es schrecklich, dass ich so empfinde.

»Und warum seid ihr auseinandergegangen?«, frage ich. »Ist der liebe Kim hinter unser kleines Abenteuer gekommen?« Ich klinge wieder bescheuert, das weiß ich, aber das nicht vorhandene Männlein, das vorhin meine Sätze zerpflückt hat, schmiert jetzt über jedes Wort eine Schicht aus völlig unangebrachtem Spott.

»Nein«, sagt Elin.

»Was, nein?«

»Er weiß nichts von dir und mir.«

»Aber?«, frage ich. »War eure Liebe abgekühlt, bist du mit seinem besten Freund fremdgegangen?«

Elin schüttelt den Kopf.

»Was war es dann?«

Sie schweigt, senkt den Kopf und schaut auf den Boden.

»Na?«

Elin schweigt weiter. Dann hebt sie den Kopf wieder, schaut mich todernst an und sagt: »Er schlägt.«

Das lässt mich abrupt verstummen. Dieser Scheiß-Kim mit seinen locker sitzenden Händen. Jetzt bin ich wirklich böse auf ihn. »Wie schlimm«, ist das Erste, was mir einfällt.

»Ja.« Elin nickt. »Sehr schlimm.«

Die erste Hälfte der Verlängerung ist vorbei, die Mannschaften wechseln die Seiten, um danach möglichst schnell wieder weiterspielen zu können.

God saves little

Ich lebe noch! Wieder war das der erste Gedanke, mit dem ich um fünf Uhr in der Frühe auf dem Steinfußboden erwachte, und sofort danach fragte ich mich, ob ich künftig mein Leben lang jeden Morgen so aufwachen würde. Mehr als fünf Jahre später weiß ich, dass dem nicht so ist. Nicht jeden Tag. Höchstens drei Mal die Woche.

Um kurz vor sechs waren wir reisefertig. Das Gepäck lag schon in dem Kleinbus, Ravindu und Anuradha brachten uns zur Tür. Wir dankten ihnen für alles.

»No need to thank us«, sagte Ravindu. »This ist just normal.«

Ich wusste nicht, ob es für mich normal wäre, mein Haus tagelang uneingeschränkt für Dutzende von Fremden zu öffnen und all diesen Leuten dann auch noch unentgeltlich Essen, Trinken und einen Schlafplatz zu bieten. Nein, Ravindu und Anuradha waren sicher nicht bettelarm, aber auch bestimmt nicht reich.

»We want to give you something for your trouble«, sagte John.

Ich holte die Plastiktüte mit Gittas Geldbündel hervor und übergab sie verabredungsgemäß an Ravindu. Er nahm sie an, aber als er sah, was in der Tüte steckte, wollte er sie wieder zurückgeben. »We can't accept this.«

Darauf war ich natürlich vorbereitet, also erläuterte ich möglichst höflich und freundlich, dass wir darauf bestanden. »Please take it«, sagte ich. »We want you to have it.«

»No, no, we can't.« Ravindu und Anuradha sträubten sich weiter, aber ich fühlte, dass ich die Schlacht schon fast gewonnen hatte.

»I won't take no for an answer«, sagte ich ruhig, aber bestimmt. »We want to give it to you and we really hope you will accept it. With the compliments of Germany.«

»Germany?«

»There was this very rich German woman. You don't know her but it doesn't matter. Ravindu, you have to take this.«

Ja, es hatte geklappt. Er schwieg und nickte.

»Well done«, sagte John, während wir zu unserem Bus gingen. »I could never have done it the way you did.«

»Thanks.«

Er hatte recht. In solchen Dingen war ich gut, das wusste ich.

Wir waren unterwegs. Schnell ging es nicht, aber immerhin, wir fuhren. Niemand sagte etwas. Ich schaute aus dem Fenster und registrierte die Verheerungen. Kilometer um Kilometer entlang der Küste hatte das Wasser zugeschlagen. Es war eine kolossale Katastrophe, so viel war mir klar. Ich sah Schlamm, Trümmer und Hunderte, vielleicht Tausende zerschmetterte Häuser.

Manchmal sah ich Menschen zu Fuß, aber selten solche, die ihre kaputten Ärmel hochkrempelten und anpackten. Die Niedergeschlagenheit schien wie eine auf ewig graue Wolke über dem Gebiet zu hängen.

Unser roter Kleinbus holperte dahin und meine Augen betrachteten weiter die in Stücke gerissene Landschaft. Ich sah einen endlosen Strom des Elends. Fünfhundert Tote, hatte Ravindu gesagt. Tausend, war eines der Gerüchte während des Essens. Wahrscheinlich noch mehr, hatte Marjorie vorsichtig vermutet.

Als ich das zerstörte Land so sah, hätte ich es auch geglaubt, wenn es fünftausend geheißen hätte. Oder vielleicht zehntausend.

Halt – da! Nein. O nein!

Ich sah nicht, was ich sah. Ich *wollte* es nicht sehen. Das konnte und durfte nicht sein. Aber ich wusste schon, es war doch da. Es war Nummer zehntausendundeins. Bis zu den Hüften steckte es im Schlamm, schon drei Tage faulte es in der brennenden Sonne vor sich hin. Wie alt, dachte ich, das Kind wohl gewesen war? Vier, fünf Jahre? Älter? Jünger? Wie hatte es geheißen? Er oder sie?

Die halb verweste Kinderleiche stellte so ganz mutterseelenallein die größtmögliche Katastrophe dar. Ich schwieg und ließ meinen Blick durch den Bus schweifen. Hatten alle es gesehen? Hatte überhaupt jemand es gesehen?

Wir waren schon daran vorbei. Die Landschaft zeigte wieder vom Wasser umgerissene Häuser, aber ich sah sie nicht mehr, nicht wirklich. Auf meiner Netzhaut stand das Bild dieses kleinen Kinderleibs, kaputt und verdorben wie ein weggeworfener, angefressener Müllsack.

Es nieselte. Wir fuhren landeinwärts, wo die Spuren der Katastrophe nicht oder nur kaum zu sehen waren. Irgendwie erleichterte es mich, dass das Wasser wenigstens etwas verschont hatte. Ich dachte daran, wie die Situation in unserem Dorf derzeit wohl war, und fragte John, was er glaubte.

»What do you mean?«

Wir wussten beide, dass das Dorf weit genug von der Küste entfernt lag, aber das meinte ich nicht. Wussten sie dort, wo es noch kein Internet gab, schon Bescheid über die Katastrophe anderenorts im Land? Wahrscheinlich hatten meine Eltern auf der anderen Seite der Welt es früher erfahren als die tauben und blinden Schulkinder aus meinen Klassen.

»I think they hardly know anything«, sagte ich.

»You're probably right«, sagte John. »But then again, neither do we.«

Aus dem Nieseln wurde Regen. In gewissen Abständen sahen wir einen Lichtblitz, gefolgt von einem lauten Schlag. Irgendwo entlang der Straße, nicht weit von uns und unserem Bus entfernt, schlug es ein. Roni, das schöne israelische Mädchen, begann sofort panisch zu schreien, als wäre sie selbst vom Blitz getroffen. Das Schreien ging über in Weinen. Sie schien fast daran zu ersticken.

Ana und Miguel versuchten Roni zu trösten; ich hatte eher Lust, sie zu würgen. Dumme Zicke. Sich wegen einem unbedeutenden Blitz so anzustellen! Was war bloß in das dumme Ding gefahren? Trotz Ronis Schönheit wusste ich ganz sicher, dass ich noch nicht mal im Traum etwas mit ihr würde anfangen wollen.

Wir näherten uns Colombo. Es war das letzte Stück am Wasser entlang und Marjorie parkte den Bus an der Küstenstraße. Sie meinte, wir wären noch etwa vierzig Kilometer von der Großstadt entfernt; Zeit für eine kurze Pause.

Wir stiegen aus und schauten uns um.

»What ... the ... fuck.«

Es war der einzige richtige Ausdruck für das, was alle sahen. Da, wo wir standen, war alles, aber auch wirklich alles kaputt.

Ich ging ein Stück über den Strand. Ein Mann kam auf mich zu. Auf mich wirkte er wie ein Drogensüchtiger, der gerade seine tägliche Pille geschluckt hatte. Seine Augäpfel sahen aus, als könnten sie jeden Moment aus ihren Höhlen knallen. Der Mann stand vor mir, die Arme baumelten ihm wie gebrauchtes Werkzeug am Körper herunter. »Oll mai fämmelie dädd«, sagte er und wiederholte es in demselben, fast emotionslosen Ton. »Oll mai fämmelie dädd.«

Was um Himmels willen konnte ich ihm antworten? »I understand«, sagte ich nur.

»Oll mai fämmelie dädd«, wiederholte der Mann.

»Yes«, sagte ich. »I understand. I'm so sorry.«

Der Mann nickte. Er dachte genau wie ich. Seine ganze Familie war tot und das war verdammt heftig. Ein sehr legitimer Grund, schien mir, für immer geschockt zu bleiben.

»Can I get you some water?«, fragte ich.

Der Mann schaute mich an; er antwortete nicht. Vielleicht klang das auch einfach zu lächerlich. Wasser! Als ob das Zeug nicht schon genug Elend angerichtet hätte.

»To drink«, sagte ich zur Sicherheit hinterher, während ich mit der Hand eine Geste zum Mund machte.

Der Mann antwortete noch immer nicht. Ich sagte, er solle warten, und rannte zurück zu unserem Bus.

»For you«, sagte ich, als ich mit einer vollen Flasche wieder vor ihm stand.

Der Mann nahm das Wasser schweigend an. Langsam öffneten sich seine Lippen. Ich wusste schon, was er sagen würde. Dass seine ganze Familie tot war, nur das. Alles andere war ja auch unwesentlich.

Kurz vor drei Uhr erreichten wir Colombo. Die verrückte Roni fragte, ob sie bei einem bestimmten Guesthouse abgesetzt werden könne, und wenn das voll oder doof sei, bei einem anderen.

»Did you think this was a taxi service or something?«, fragte John, der inzwischen ebenfalls mit ihr durch war.

Fünf Minuten später stoppten wir am Busterminal und die Spanier stiegen aus. Sie bedankten sich herzlich. Roni begriff, dass auch sie hier aussteigen sollte und dass wir ihr keine Stadtrundfahrt bieten würden. Worüber sie sich sogar noch zu empören schien.

Mit Charles und Marjorie fuhren wir weiter zu ihnen nach Hause. Charles parkte den Bus und wir gingen hinein.

»Would you like a cup of tea, boys?«, fragte Marjorie und verschwand in die Küche. John half Charles bei irgendetwas und ich ging allein ins Wohnzimmer.

Auf dem Tisch lagen Zeitungen; einheimische, englische, amerikanische. Und auf dem Titelblatt von *The Times of India* wurde ein Mann zitiert.

»We saw the sea coming, we all ran. But god saves little.«

Alle Zeitungen schrieben in dicken, brüllenden Schlagzeilen über die Flutwelle. Der einzige Unterschied zwischen den verschiedenen Blättern war die genannte Zahl der Toten. Die Nachrichtenmacher waren sich offensichtlich noch nicht einig.

Zwanzigtausend, hieß es hier. Fünfzigtausend, hieß es dort. Mehr als hunderttausend, sah ich irgendwo stehen. *Still counting*, darüber waren sich alle einig und einige Zeit später würde man gemeinsam bei zweihundertdreißigtausend anlangen.

Zwei-hun-dert-drei-ßig-tau-send Menschen, die sinnlos ersoffen sind. Selbst mit der größten denkbaren Vorstellungskraft ist eine Zahl wie diese unmöglich zu erfassen. Man kann zwar versuchen, sich eine Vorstellung davon zu machen, aber es wird einem schlichtweg nicht gelingen. Außer wenn …

Wenn man dem einzigen Überlebenden einer kompletten Familie am Strand begegnet ist.

Wenn man ein mausetotes kleines Kind schon verwesend im Schlamm hat stecken sehen.

Wenn man stundenlang fieberhaft nach jemandem gesucht hat, mit dem man kurz zuvor noch an einem Tisch gesessen hatte.

Geistesabwesend durchblätterte ich die Zeitungen, las, dass Sri Lanka von allen Ländern am Indischen Ozean am schlimmsten heimgesucht worden war. Ich nahm eine Zeitung vom Tisch – welche, weiß ich nicht mehr – und betrachtete ein Foto. Ich sah einen Mann. In seinen Armen lag die Leiche eines ertrunkenen kleinen Jungen. Im Hintergrund des Fotos hob der Vater des Jungen die Hände zum Himmel, während die Mutter vor Entsetzen schrie. Ich dachte an die Reise, das tote Kind, den Mann am Strand. Und ich dachte an Elin und Isabelle.

Die eine war ein Engel, die andere war ein Engel geworden. Obwohl ich nicht daran glaubte, wusste ich es in diesem Augenblick mit Bestimmtheit.

Ich schwankte. Fast wäre ich gefallen, aber dann geschah es. Zwei unsichtbare Hände fassten mich. Sie zogen mir die Zeitung aus den Händen und drückten mich nach unten.

Ich saß auf einem Stuhl. In einem Haus. In Colombo. In mir drin war alles Schlamm. Außerhalb von mir war die Welt unter Wasser geraten.

In meinem Kopf war ein Kind. Ein mausetotes Kleinkind, das nie mehr daraus verschwinden würde. Aber das Kind konnte auch Zeitungen lesen. »Kommt her«, sagte es zu allen anderen toten Kindern. »Hier ist Platz genug, ich rücke auch etwas zur Seite.«

Und das Kind hatte recht. Während eine Hand mich weiter fest im Griff hielt, bewegte sich die andere zu meinem Kopf. Ein paar unsichtbare Finger fegten allen überflüssigen, im Lauf der Jahre angesammelten Kram in den Hintergrund meiner Hirnschale und machten so Platz für die Katastrophe.

In meinem Kopf war ein Kind, danach zwei. Drei schon. Vier, fünf, zehn, hundert, Tausende. Und es kamen immer mehr hinzu, er lief schon fast über vor toten Kindern.

Endlich war es fertig. Ach, doch noch eines mehr. Und noch ein allerallerletztes? Dann war es wirklich voll dort.

»Und was ist mit mir?«

Ich drehte mich um. Es war Isabelle.

»Für dich habe ich keinen Platz mehr.«

Sie fragte, warum nicht. »Ich weiß nicht mal, ob du tot bist«, führte ich an.

Isabelle lächelte. »Pieter«, sagte sie. »Halte dich doch nicht selbst zum Narren.«

Ich beharrte darauf, dass sie nicht willkommen sei. Aber da fing sie an zu weinen. Typisch – ein Mädchen, das seinen Willen bekommen will.

»Stopp!«

Isabelle weinte weiter. Ihre Tränen bildeten eine Pfütze auf dem Boden, aus der Tränenpfütze wurde ein Meer, das Meer wurde wild. She was unleashed.

»Stopp!«, schrie ich wieder. »Komm schon in meinen Kopf, wenn du das unbedingt willst, aber hör bitte auf zu weinen!«

Isabelle nickte dankbar und trocknete ihre drohenden Tränen.

»Unter einer Bedingung«, sagte ich.

»Und die wäre?«

»Dass du still bleibst.«

»Was meinst du damit?«

»Du darfst dazu«, erklärte ich ihr, »aber nur weggepackt in einem Kasten. Deckel drauf und Mund zu. Ist das klar?«

»Also gut«, sagte Isabelle und sprang zu mir herein.

Eine Flutwelle im Zimmer war verhindert, aber sofort danach schwappte es beängstigend in meinem Kopf. Mein Kopf war so lächerlich voll.

»Ja, Pieter«, flüsterte die Stimme, die zu den unsichtbaren Händen gehörte. »Und sie alle bleiben für immer da.«

Ich wusste, dass die Stimme recht hatte. Aber es war zu voll, zu viel.

Die zwei unsichtbaren Hände schlossen ihre Finger zu Fäusten. Die Fäuste schwebten direkt vor meinen Augen, bereit zuzuschlagen.

»Na los«, sagte ich, ohne die Lippen zu bewegen. »Na los, schlagt mich nieder. Ich ergebe mich.«

Die Hände gehorchten augenblicklich und das Letzte, was ich sah, waren zehn unsichtbare Knöchel, die mit der Geschwindigkeit eines rostigen sri-lankischen Busses auf mein Gesicht zusausten.

Peng.

Das Licht ging aus.

Jetzt oder nie

Andrés Iniesta bekommt den Ball flach zugespielt. Der kleine, blasse Spanier rennt an Johnny Heitinga vorbei und lässt sich willig auf den südafrikanischen Rasen fallen. Webb pfeift und zieht eine gelbe Karte aus der Tasche.

»Der kann gehen«, klingt es aus dem Sessel. »Und ich gehe mit ihm.«

Viktor hat recht, der Schiedsrichter zaubert sofort die rote Karte hervor.

»Warum ist das rot?«, fragt Elin.

»Er hatte schon gelb.«

Die Niederlande müssen die letzten elf Minuten der Verlängerung mit einem Mann weniger auskommen. Ein schon im Vorhinein zum Scheitern verurteiltes Elfmeterschießen scheint jetzt das höchste erreichbare Ergebnis zu sein. Miguel kann schon mal seine Koffer packen.

»God natt, Elin. God natt, Freund von Elin.« Viktor ist aufgestanden und bewegt sich auf die Schiebetüren zu. »Wenn ihr noch etwas wollt, ist es ab jetzt Selbstbedienung«, sagt er. »Die Pflicht ruft. Schaltet ihr das Ding nachher aus?« Viktor zeigt auf den Fernseher und geht aus dem Zimmer.

»Pieter?«

»Ja?«

»Findest du das nicht sehr zufällig?«

»Dass Viktor geht?«

»Ich meine nicht das.«

»Die rote Karte?«

Elin schüttelt den Kopf. »Dass ich in Amsterdam bin«, sagt sie. »Hier, jetzt, bei dir. Dass wir uns sehen heute.«

»Ich weiß nicht.«

»Pieter?«

»Was?«

»Das *ist* kein zufällig.«

Bestimmt behauptet sie jetzt, dass alles so hat kommen müssen. Dass es keine Zufälle gibt und so. Ich bin mir da überhaupt nicht so sicher.

»Dafür bin ich hergekommen«, sagt Elin.

»Wofür?«

»Für dich zu sehen.«

Ich reagiere nicht. Die einundzwanzig Spieler im Fernsehen verwandeln sich in Schemen. Die dunkelblauen Flecken haben den Ball und die orangefarbenen jagen vergeblich hinterher. Ich reagiere noch immer nicht. Die Minuten verstreichen, bis die Uhr stehen bleibt und die Zeit nicht mehr existiert. Elin schweigt mit mir mit, wodurch ihre gerade ausgesprochenen Worte weiter in den zeitlosen Raum wachsen.

Für dich zu sehen. Grammatikalisch ist der Satz vielleicht nicht ganz korrekt, aber ich kann ihn doch wirklich nicht anders verstehen, als dass Elin eigens meinetwegen nach Amsterdam gekommen ist.

»Ich will dir etwas erzählen«, unterbricht sie endlich die bleischwer gewordene Stille.

Mir wird ganz leicht im Kopf. »Bier auf Wein, das lass sein«, heißt es. »Wein auf Bier, das rat ich dir«. Trotzdem fühlt es sich an, als könnte ich jeden Augenblick hier von diesem Barhocker donnern. Meine Hände werden klebrig, mein Hals fühlt sich rau an und mein Herz scheint mit mir durchzugehen. Denn natürlich weiß ich schon, was Elin hier zu suchen hat, was sie mir erzählen will. Es ist die Antwort auf die Frage, die ich zusammen mit Isabelle so unheimlich lange weggesteckt habe.

»Ist etwas?«, fragt Elin. »Du guckst so …«

»So was?«

»Ich weiß nicht. Bisschen merkwürdig.«

Elin wird mir die Antwort geben, aber das kann, das darf nicht sein. Nicht so. Ich muss doch wirklich erst selbst die Frage stellen. Die Frage, deren Antwort ich all die Jahre ausgewichen bin. Sonst bleibe ich für immer feige. Es ist jetzt oder nie.

»Elin?«

»Ja.«

»Warte.«

»Womit?«

»Mit Erzählen«, sage ich. »Lass mich erst fragen.«

»Was willst du fragen?«

Jetzt. *Jetzt. Jetzt!* Ich schlucke und schlucke, bis ich ganz sicher weiß, dass der nicht vorhandene kleine Mann sich keine Scherze mit mir herausnehmen wird. Dann endlich wage ich es. Fünfeinhalb Jahre. Drei Worte.

»Ist Isabelle tot?«

Elin schaut mich lange an. Ich schaue ebenso lange zurück. Sie beißt sich auf die Lippe, aber nicht so, wie Frauen in Filmen sich auf die Lippen beißen. Das hier ist echt. Ich sehe einen salzigen schwedischen Tropfen im Winkel ihres rechten Auges.

»Sie ist tot, stimmt's?«, sage ich.

»Ja«, sagt Elin. »Das ist sie.«

In dem Moment, als sie es bestätigt, platzt das Kästchen in meinem Kopf und Isabelle wird daraus befreit.

»Man hat sie erst über eine Woche später gefunden«, sagt Elin.

»Wer?«

»Das weiß ich nicht. Bengt und Lasse haben sie … wie sagt man … have identified her, in einer Art kleines Krankenhaus, das da gemacht war.«

»Wo?«

Meine Hemmungen sind über Bord. Ich schaue zur Seite. Von Elins Gesicht knallt die Trauer, aber sie weint nicht. Stattdessen antwortet sie in ruhigem Ton auf meine Fragen, als hätte sie sich die Worte schon vor Jahren zurechtgelegt und nur geduldig darauf gewartet, dass ich sie hören wollte. Jetzt, hier in diesem schicken Hotel, ist es also so weit.

Eine gute Woche lang hatten sich Bengt und Lasse, Isabelles Vater und Bruder, alle Leichen aus der Umgebung angeschaut, genau so lange, bis sie – Kilometer von dem Küstendorf entfernt – diese eine aus Tausenden erkannt hatten. Es muss scheußlich gewesen sein.

»Jeden Tag tote Menschen werden bisschen mehr toter Mensch«, sagt Elin. Sie meint die Fäulnis, die Verwesung, den Zerfall.

Ich frage, wann sie selbst eigentlich nach Schweden zurückgeflogen ist. Sie wird die ursprünglich geplante Weltreise ja nicht allein fortgesetzt haben.

»Am 29. Dezember«, sagt Elin.

»Da schon?«

Sie nickt. Begleitet von Gustav und Astrid war Elin zwei volle Tage durch das Katastrophengebiet geirrt. Überall hatten sie gefragt und gesucht, nirgendwo eine Spur von Isabelle. »Dann konnte Gustav Plätze im Flugzeug organisieren«, erzählt Elin. »Es waren nur zwei, nur für Astrid und mich.«

»Und Gustav?«

»Er bleibt damals da. Um zu weitersuchen. Mit Bengt und Lasse, sie kommen – kamen, meine ich – damals auch dahin.«

»Dabei kannte Gustav Isabelle gar nicht mal«, sage ich.

»Du und John doch auch nicht wirklich? Und ihr seid dennoch zurückgegangen in die Gefahr damals, um für sie zu suchen.«

Elin weiß nichts mehr von ihrer eigenen Abreise, dem Flug zurück nach Schweden. Nur die Ankunft auf Arlanda, dem Flughafen bei Stockholm, hat sie noch einigermaßen vor Augen. »Da waren television«, sagt sie. »Das sah ich erst. Die ganzen Kameras und Mikrofone für alle Leute, die aus dem Katastrophengebiet kamen. Und dann erst sah ich meine Mutter. Das weiß ich noch so gut. Geweint, geweint, nur geweint hat sie.«

»Und Kim?«, frage ich.

»Ja.« Elin nickt. »Der war da auch.«

Ich weiß nicht mehr, was ich sagen soll. Elin weiß es für sich ebenfalls nicht. Es gibt im Moment nichts zu sagen. Wir schauen vor uns hin, halb auf das Spiel, halb auf nichts.

»Du hast das nicht gewusst«, sagt Elin. »Von Isabelle. Sonderbar eigentlich.«

»Nein«, sage ich. »Ja. Sonderbar. Vielleicht.«

»John findet es sonderbar.«

»Was sagst du?«

»John«, wiederholt Elin. »Er findet das.«

Ich hätte es ahnen können. Elin hat John gesehen! Oder gesprochen. Oder vielleicht auch beides. Und John hat mir das nicht gesagt. Na gut, wir sprechen uns auch kaum mehr.

»Wann?«, frage ich.

»Vor ein paar Wochen«, sagt Elin.

»Wo?«

»Auf Facebook.«

»Facebook?«

»Ich habe nach dir gesucht«, sagt Elin. »Endlich wagte ich das. Aber du hast nicht auf meinen friendship request reagiert.

»Ich habe es heute erst gesehen«, entschuldige ich mich. »Ich bin sonst nie auf Facebook.«

»Warum nicht?«

»Weil ich es hasse.«

»Warum?«

Ich zucke mit den Schultern. »Es kostet Unmengen Zeit«, sage ich. »Und in allen sozialen Medien dieser Art tun die Leute so, als wären sie überaus nett und witzig. Aber meistens ist es ein ziemlicher Schwindel. Fake. Habe ich nichts mit am Hut.«

»Ich eigentlich auch nicht.« Elin lächelt. »Ich habe den Facebook-Account eigens gemacht für dich suchen.«

»Und dann hast du John gefunden.«

»Ja.«

»Und?«

»Wir haben miteinander geredet. Im Chat.«

»Worüber?«

»Über alle Arten Sachen. Über Sri Lanka, über Isabelle, über dich.«

»Hast du ihm von Isabelle erzählt?«, frage ich.

»Das wusste er schon.«

»Wie denn?«

»Er hatte mit Gustav telefoniert, schon ganz lange Zeit vor damals.«

Ich denke an den Kassenbon mit der Nummer in Johns Rucksack. »Weißt du, wann er angerufen hat?«, frage ich. »Gustav?«

»Warum redest du nicht mit ihm darüber?«, gibt Elin zurück. Offenbar findet sie meine Frage nicht so relevant.

»Weil ich es nicht wollte. Und weil ich John das Versprechen abgenommen habe, nie mehr darüber zu reden.«

»Und John hat promise gehalten«, sagt Elin. »Als echter Freund.«

Ich nicke. »Ja, er hat sein Versprechen gehalten. Wir haben seitdem nie mehr darüber gesprochen.«

»Das weiß ich«, sagt Elin.

»Hat er dir das erzählt?«

»Ja«, sagt Elin. »Im Chat. Und er fand es nicht gut für dich.«

»Für mich?«

»Nicht gesund, sagte er. *Cause for concern*. Er meint, du sollst reden über damals.«

Ich weiß, ich weiß. John und ich haben uns in den letzten Jahren selten gesprochen, aber die Male, die wir uns miteinander unterhielten oder mailten, habe ich sofort das Thema gewechselt, wenn das Gespräch in Richtung Isabelle abzudriften drohte.

»John sagte, du tust so, als ob es die Katastrophe nicht gibt«, sagt Elin.

Ich zucke mit den Schultern.

»Und darum«, fährt sie fort, »er hielt es für eine gute Idee, wenn ich mit dir reden würde.«

Während die halbe Welt zusieht, wie das Endspiel immer mehr auf ein alles entscheidendes Elfmeterschießen zusteuert, fällt bei mir endlich der Groschen. Natürlich ist Elin heute Abend nicht nur deshalb hier, um mir von Isabelle zu berichten. Sie ist meine von John geschickte engelsgleiche Therapeutin!

»Er hatte gehofft, du könntest über die Dinge reden, die tief in dir sitzen«, sagt Elin. »Darüber zu reden hilft uns beiden bei … was ist der Wort?«

»Bei der Verarbeitung.«

»Ja, das ist der Wort.«

»Also das ist es, was du mir sagen wolltest«, erwidere ich. »Dass John dich als meine Psychologin ausgesucht hat. Da darf ich mich wohl bei ihm bedanken.«

»Nein«, sagt Elin.

»Nicht?«

»Ja, das kannst du tun, aber das ist nicht der Ding.«

»Wie meinst du das?«

»Das ist nicht der Ding, den ich dir erzählen wollte.«

»Ach?«

»Da ist noch anderer Ding.«

»Nur zu«, sage ich. »Ich glaube, so allmählich kann mich nichts mehr erschüttern.«

»Ja?«, fragt Elin.

»Try me.«

»Es handelt um dich«, sagt sie. »Und auch ein bisschen um Kim.«

Spanien greift an. Es sind noch fünf Minuten zu spielen.

»Du meinst den Kerl, der dich geschlagen hat?«, frage ich.

Elin schüttelt den Kopf.

»Einen anderen Kim?«

»Nein«, sagt sie. »Aber er … er hat mich nicht geschlagen.«

»Das hast du aber gesagt!«

Elin schüttelt wieder den Kopf. »Habe ich nicht.«

»Du hast gesagt, er schlägt.«

»Ja, aber ich habe nicht gesagt, er schlägt mich.«

»Wen dann?«

»Das ist ja der Ding, den ich dir erzählen will.«

Etwas hinter dem Mittelkreis spielt Iniesta den Ball mit der Ferse an Fabregas weiter. Der Angriff wird fortgesetzt und der Ball geht zu Fernando Torres, der genau wie ich gesehen hat, dass der kleine Iniesta vorgelaufen ist und inzwischen im niederländischen Strafraum frei steht.

»Er heißt Pontus«, sagt Elin.

Torres versucht, seinen Mannschaftskameraden zu erreichen, aber noch bevor der Linienrichter ein Abseits flaggen kann, schießt Rafael van der Vaart – der nach der roten Karte für den Verteidiger Heitinga offenbar eine Linie zurückgefallen ist – den Ball weg.

»Er ist schon fast fünf«, sagt Elin. »Und er ist ein richtiges Schatz.«

Van der Vaart stürzt, während der Ball genau vor zwei spanischen Füßen landet. Es sind die von Fabregas, der ihn dankbar annimmt und doch noch Iniesta zuspielt. Van der Vaart hat sich aufgerappelt, kommt jedoch zu spät. Die Welt hält den Atem an. Iniesta ist am Drücker und zieht es durch.

»Pieter?«

Tor.

»Hast du gehört, was ich sage, Pieter?«

1:0 für Spanien.

»Pieter, hörst du mir zu?«

Es ist vorbei.

»Pieter!«

»Was?«

Iniesta hat sein Shirt ausgezogen, wird unter spanischer Freude begraben. Howard Webb teilt eine weitere gelbe Karte aus. Diesmal ist ein wütender Joris Mathijsen das Opfer.

»Du hast mich doch gehört?«

»Ja«, sage ich. »Ich habe dich gehört. Pontus.« Seit dieser Saison kickt ein schwedischer Mittelfeldspieler mit diesem Vornamen in der Nationalliga, er ist beim AZ Alkmaar. Merkwürdiger Name, prima Fußballer. »Wer ist Pontus?«, frage ich.

»Mein Sohn«, antwortet Elin.

»Dein was?!«

»Mein Kind, Pieter.«

»Du hast ein Kind?!«

»Ja.«

»Von Kim?«

Elin antwortet nicht.

»Wie alt ist das Kind?«

»Das sagte ich doch schon«, sagt sie. »Vier Jahre jetzt, am 20. September wird er fünf.«

Im Kopf versuche ich rasend schnell etwas zusammenzuzählen, aber es gelingt mir nicht. Mein Hirn ist im Augenblick offenbar nicht zu Rechenaufgaben imstande.

»Pontus«, sage ich.

Elin nickt.

»Pontus«, sage ich noch einmal.

Elin nickt wieder und sie beginnt zu weinen. Still fließen ihr die Tränen übers Gesicht.

»Pontus«, sage ich zum dritten Mal. Es ist, als müsste ich den Namen kosten, um ihn so in mich aufnehmen zu können.

»Ich wollte es dir früher erzählen«, sagt Elin leise. »Echt. Aber ich könnte das nicht.«

»Konnte«, verbessere ich.

Elins Tränen fließen geräuschlos weiter. »Pieter«, sagt sie. »Er ist so ein süßes und schlaues Kind.« Sie lacht, während sie weint. »Ich bin sicher, dass auch du ihn sehr lieb finden wirst.«

»Pontus.«

»Ja. So heißt er. Willst du ein Foto sehen?« Ohne auf eine Antwort zu warten, holt Elin ihr schwedisches Handy hervor.

Ein kleiner blonder Engel lacht uns vom Bildschirm aus zu. In seiner rechten Wange ist ein Grübchen. Sein etwas lang gestrecktes Köpfchen passt nicht ganz in den Rahmen.

»Er ist kurz bei Oma jetzt«, sagt Elin. »Meiner Mutter.«

Ein Tropfen fällt auf das Bild.

»Weinst du?«

Ich wische über das Handy und über mein Gesicht. Verdammt, ja. Das war *meine* Träne. Wann habe ich zum letzten Mal geweint? Ich kann es wirklich nicht sagen, dachte, meine Tränen wären durch die Katastrophe für immer versiegt und mir könnte seit damals nie mehr ein gültiger Grund zum Weinen einfallen. »Pontus«, sage ich zum soundsovielten Mal. »Was bedeutet das eigentlich?«

Elin schaut mich mit ihren schimmernden, tiefblauen Engelaugen an. »Der Name?«, fragt sie.

»Ja.«

»Pontus bedeutet Meer.«

Ich schwanke. Fast falle ich, aber dann geschieht es. Zwei unsichtbare Hände fassen mich. Sie drücken mich nach unten, zu Boden.

Ich sitze in einem Herrenzimmer. In einem Hotel. In der letzten Endspielminute. Überall um mich herum ist Spanien kurz davor, Weltmeister zu werden. In mir drin stecken Tausende vom Wasser vernichtete Kinder.

»Hej hej …«

Ach, was für ein süßes Stimmchen ist das! Noch bevor ich mich umgedreht habe, weiß ich schon, zu wem diese lieben Laute gehören. »Was gibt's, Pontus?«

»Darf *ich* denn nicht mehr dazu?«

»Aber nein«, antworte ich. »Du doch nicht!«

»Warum nicht?« Das herzallerliebste Kerlchen guckt etwas bedröppelt. »Willst du denn nicht an mich denken?«

»Doch«, sage ich. »Doch, gerade! Aber hör mal, Junge aus

dem Meer. Du bist keine Erinnerung. Du bist die Frucht einer Erinnerung.«

»Ach«, sagt Pontus, »das verstehe ich nicht.«

Lächelnd sage ich zu ihm: »Das brauchst du auch noch nicht zu verstehen, lieber Pontus. Worum es geht, ist, dass es dich wirklich gibt. Du bist *real*. Genau wie deine engelsgleiche Mutter. Wie unheimlich gut du übrigens Niederländisch sprichst!«

Er lacht ein stolzes Kinderlachen. »Das habe ich von Mama gelernt«, sagt er. »Gut, was?«

»Supergut«, sage ich. »Ich komme dich bald besuchen.«

»Wirklich?«

»Ich verspreche es.«

Pontus macht einen kleinen Freudensprung und streckt dabei seine beiden Kinderfäustchen in die Luft. »Hurra!«, ruft er.

Dann bläst Howard Webb zum letzten Mal auf seiner Pfeife. Der Ball hört auf zu rollen. Spanien ist Weltmeister, irgendwo in Barcelona hat ein Typ mit einer verblüffenden Weitsicht eine mehr als fünf Jahre alte Wette gewonnen.

Die Spieler von Oranje liegen geschlagen auf dem Rasen, und während eine Engelhand mir über meine nassen Wangen streichelt, bewegt sich eine andere, unsichtbare, zu meinem Kopf. Ein unsichtbarer Finger streckt sich aus und bohrt sich mir quer durch den Schädel bis tief ins Gehirn. Der Finger drückt auf einen Knopf.

Klick.

Nichts geschieht.

Klick.

Wieder nichts.

Klick. Klick. Klick-klick.

Ist der Knopf heute Abend vielleicht kaputtgegangen?

Klick!

Noch immer geschieht überhaupt nichts.

Klick?

Mir schwant, dass das Licht für immer an bleibt.

Auswertung

»He, Gideon.«

»He, Julius.«

»Sind wir fertig?«

»Ich weiß es nicht«, sagt Gideon. »Ich denke schon. Was meinst du?«

Julius hebt seine Sockenfüße vom Sofa und steckt sie in seine Schuhe. »Vielleicht sind wir nie fertig«, sagt er, während er sich vorbeugt und die Schnürsenkel zubindet.

»Nein«, sagt Gideon. »Vielleicht nicht.«

»Aber ich habe erzählt, was ich erzählen wollte.« Julius ist mit dem Schuhezubinden fertig und richtet sich auf. »Und du hast gehört, was du hören wolltest. Oder?«

Gideon denkt nach. Er hat mehr gehört, als er sich je hätte ausdenken können.

Vor einem Jahr haben sie haargenau so dagesessen: Gideon auf dem grünen Schalensessel, Julius ihm gegenüber auf dem braunen Sofa.

»Darf ich meine Schuhe ausziehen?«, fragte Julius und Gideon antwortete, er solle sich ganz zu Hause fühlen.

Danach hatte es angefangen. Die Reise. Die Geschichte. Die Details. Stundenlang haben sie miteinander geredet, was, um ehrlich zu sein, vor allem bedeutete, dass der eine am Wort war, der andere zuhörte und sie beide immer wieder die Zeit vergaßen.

In den Monaten, die folgten, nahm der eine den anderen mit auf die Reise und zeigte ihm von dem braunen Sofa aus ein Stück von der Welt. Das ging im Tausch gegen Ostereier, Weihnachtsgebäck oder was immer es in diesen Tagen in den Geschäften so gab.

»Wie wär's mit einem Espresso?«, fragte Gideon dann. Er saß in seinem grünen Sessel und sah ein immer größeres und schöneres, aber auch dickeres und komplizierteres Buch entstehen. »Wir können nicht alles hineinpacken«, sagte er darum manchmal in Richtung Sofa. »Und ab und zu werden wir auch etwas hinzuerfinden müssen.«

»Weiß ich doch«, sagte Julius dann. »Meine Geschichte ist meine Geschichte. Ein Buch ist ein Buch. Und beides ist nicht dasselbe.«

»Genau«, sagte Gideon. »Manchmal ist die Wahrheit zu schön für ein Buch und manchmal ein Buch zu schön für die Wahrheit.«

Der letzte Satz klang mächtig interessant, fand Gideon selbst, aber was genau er damit meinte, wusste er eigentlich nicht.

»Ja«, sagt Gideon. »Ich glaube, ich habe gehört, was ich hören wollte.«

»Sehr schön.« Julius erhebt sich vom Sofa. »Dann gehe ich jetzt nach Hause.«

»In Ordnung«, sagt Gideon und denkt: Die Reise ist jetzt vorbei, aber gleichzeitig muss sie erst noch anfangen.

»Was meinst du: Wird es was?«, fragt Julius.

»Wird was was?«

»Unser Buch.«

»Tja.« Gideon zuckt mit den Schultern. »Das weiß man natürlich nie.« Und erhebt sich aus seinem grünen Schalensessel und fragt: »Noch einen letzten Espresso?«

»Gut«, sagt Julius. »Noch einen. Aber danach gehe ich wirklich.«

Gideon Samson, 1985 in Den Haag geboren, verfasste bereits in der Grundschule kleine Geschichten. Im Alter von 22 Jahren veröffentlichte er sein erstes Buch, dem bald weitere folgten. Er ist der jüngste Autor, der jemals mit dem *Silbernen Griffel* ausgezeichnet wurde. »Flutlicht« erhielt 2015 in den Niederlanden als bestes Jugendbuch den *Goldenen Bilderrahmen*.
Bei Gerstenberg erschienen bereits »70 Tricks, um nicht baden zu gehen« und »doppeltot«. Beide Bücher standen auf der Liste *Die besten 7 Bücher für junge Leser*.

Rolf Erdorf, 1956 in der Eifel geboren, studierte Germanistik und Niederländische Philologie. Für seine Übersetzungen wurde er unter anderem mit dem *Martinus-Nijhoff-Preis*, dem *Gustav-Heinemann-Friedenspreis* und dem *Deutschen Jugendliteraturpreis* ausgezeichnet.

Aus dem Niederländischen
von Andrea Kluitmann
192 Seiten, gebunden
ISBN 978-3-8369-5840-0

Marian De Smet

French Summer
A fucking great road trip

»Der Stuhl auf der Autobahn? Das waren wir. Ich hatte noch gesagt, dass er nicht richtig festgemacht war, aber Tabby schnalzte bloß mit der Zunge und stieg ein.«
Ein roter Golf unterwegs in Frankreich. Darin zwei Jugendliche, die unterschiedlicher nicht sein könnten. Während die spontane Tabby mit den grünen Haaren ohne Unterlass quasselt, ist Anhalter Eppo eher ein zurückhaltender Typ. Doch beide haben ein Geheimnis …

Eine großartige und berührende Geschichte über den Tod und die Freundschaft.

Augsburger Allgemeine

www.gerstenberg-verlag.de

Jan De Leeuw

Eisvogelsommer

Aus dem Niederländischen von Rolf Erdorf
256 Seiten, gebunden
ISBN 978-3-8369-5841-7

Thomas kommt bei einem Unfall ums Leben, zurück bleiben seine Freundin Orphee, seine Eltern, seine Freunde und sein Großvater. Aus dem Off erzählt Thomas seine Geschichte, die untrennbar mit den Geschichten seiner Familie und seiner Liebe Orphee verbunden ist. Und verwebt all diese Lebensgeschichten zu einer einzigen Erzählung voller Poesie und von ungeheurer Kraft, die um die eine, große Frage kreist: Was bleibt von der Liebe angesichts des Todes?

Wir danken dem Nederlands Letterenfonds
für die Förderung der Übersetzung ins Deutsche.

Nederlands letterenfonds dutch foundation for literature

1. Auflage 2016

Die Originalausgabe erschien unter dem Titel *Overspoeld*
bei Em. Querido's Kinderboeken Uitgeverij B.V., Amsterdam 2014

Übersetzung: Rolf Erdorf
Umschlaggestaltung: init.büro für gestaltung, Bad Oeynhausen
Umschlag- und Innentitelabbildung: © Thinkstock! / iStock
Druck und Bindung: GGP Media GmbH, Pößneck
Printed in Germany

ISBN 978-3-8369-5896-7

www.gerstenberg-verlag.de